FUSION FANTASTIC STORY

가프 장편 소설

9급 공무원
포에버
Forever

9급 공무원 포에버 4

가프 장편 소설

초판 1쇄 찍은 날 § 2015년 2월 27일
초판 1쇄 펴낸 날 § 2015년 3월 6일

지은이 § 가프
펴낸이 § 서경석

편집부장 § 권태완
편집책임 § 한준만

펴낸곳 § 도서출판 청어람
등록번호 § 제387-1999-000006호
등록일자 § 1999. 5. 31
어람번호 § 제1-2066호

주소 § 경기도 부천시 원미구 부일로 483번길 40 서경B/D 3F (우) 420-822
전화 § 032-656-4452 팩스 § 032-656-4453
http://www.chungeoram.com
E-mail § chungeorambook@daum.net

ISBN 979-11-04-90136-2 04810
ISBN 979-11-04-90071-6 (세트)

4

FUSION FANTASTIC STORY

가프 장편 소설

9급 공무원 포에버 Forever

도서출판 청어람

9급 공무원
포에버
Forever

CONTENTS

1장

7급은 안 돼요!

"자네 제정신이야?"

탁대의 하소연을 들은 은 과장이 게슴츠레 눈을 떴다. 당연한 일이다. 7급으로 특진시켜 주겠다는데 굳이 8급을 고집하다니? 그건 황 팀장도 마찬가지인 모양이었다. 그 역시 뜨악한 눈빛으로 탁대를 바라보았다.

"하여간 부탁입니다. 저는 7급은 싫습니다."

"그러니까 이유가 뭐냐고."

'이유?'

바로 로르바흐라는 대마법사 때문이다. 왜? 그걸 말하면 당신이 믿을 거야? 목울대까지 밀고 올라온 말을 탁대는 다시 안으로 쑤셔 넣었다. 그리고는 입술을 악물었다.

"이유 있습니다."

"말해봐."

"차근차근 공무원 생활을 하고 싶습니다."

"차근차근?"

"9급 다음에 8급이 정석 아닙니까? 7급이 되면 8급 공무원의 애환을 모를 테고, 그건 제 공무원 경력에 결함이 되리라 생각합니다."

"자네 공무원 경력은 더없이 화려하네. 결함이 될 리 없어."

"과장님!"

"아, 진짜 답답한 친구네. 그까짓 명분이 무슨 상관이야? 대통령하고 시장님이 7급시켜 준다는데!"

"그게 대통령 지시란 말씀입니까?"

"이봐, 용 팀장!"

혈압이 오른 은 과장이 공을 용 팀장에게 넘겼다. 그러자 아까부터 말참견을 못 해 안달이던 용 팀장이 잽싸게 다가와 설명을 시작했다.

"솔직히 자네도 애가 아니잖아? 알 만한 사람이 왜 이래?"

"뭘… 말입니까?"

"생색 말이야, 생색!"

"생… 색요?"

"생각해 보게. 대통령께서 직접 특진을 거론했는데 꼴랑 한 직급 올리잔 말인가? 그래봤자 7급이야. 전국에 차고 넘치는 게 7급이고 우리 시청 옥상에서 돌 던지면 맞는 건 죄다 7급인데,

자네 한 명 더 늘어난들 무슨 상관일까? 또 그래야 대통령에게 보고할 때도 폼이 나는 거 아닌가?"

"······?"

"사람이 이럴 때 보면 헐렁해 보이는데 어디서 그런 용기가 생긴 거야?"

"그러니까 서로 생색내기 위한 7급이다 이거로군요?"

"궁금하면 시장님에게 직접 물어보든가."

"아무튼 저는 싫습니다. 그러니까 과장님이 가서서 말씀을 좀 해주십시오. 아니면······."

탁대는 거기서 승부수를 던졌다.

"아니면 뭐 어쩌려고?"

용 팀장이 탁대를 응시했다.

"제가 시장님을 뵙고 말씀드리겠습니다."

"야, 이 친구야. 아무리 신규지만 그렇게 세상을 몰라? 과마다 부서장이 떡하니 버티고 있는데 일개 9급 서기보가 시장하고 독대할 생각이 어디서 나오는 거야? 거 뭐, 과장님은 꿔다 놓은 보릿자루인가?"

빌미를 잡은 용 팀장이 탁대를 닦아세웠다.

"그러니까 제 의견을 전달해 달라고 말씀드리는 거 아닙니까?"

"미치겠네. 남들은 한 직급이라도 더 승진하려고 안달인 마당에······."

"그만들 해!"

듣고 있던 은 과장이 책상을 탁탁 치며 말했다. 하지만 탁대는 거기서 멈출 수 없었다. 물론 사정만 없다면 탁대도 땡큐베리마치 할 일이었다. 그런데 7급이 되면 비극이 생긴다. 바로 로르바흐 때문이다.

'분명 차근차근 올라 서기관이 되어야 한다고 했어.'

그건 탁대 마음에 청동조각으로 새겨진 말이다. 그러니 7급이라고 냉큼 받아먹었다간 로르바흐가 탁대의 꿈속에 영원한 허깨비 세입자로 남는 것이다.

"부탁드립니다."

탁대는 과장에게 고개를 조아렸다. 탁대로서도 답답한 일이었다. 한 급 더 올려달라는 것도 아니고 내려달라는 게 뭐가 문제란 말인가?

"조탁대!"

갑자기 은 과장의 목소리가 깔렸다.

"네."

"이건 아직 확정되지 않아서 말하지 않으려고 했는데 말이야……."

은 과장은 온갖 심각한 표정을 버무리며 말했지만 별로 놀랍지는 않았다. 바로 특진이 어려울 수도 있다는 말이었기 때문이었다.

"법무팀에서 결론이 나지 않아 행정부에도 문의하고 도청에도 문의 중이라는데 자칫하면 특진이 물 건너갈 수도 있어. 그러니 콩이야 팥이야 떠들지 말고 조용히 기다리자고."

"과장님!"

"시키는 대로 해."

과장은 단칼에 잘라 말했다.

하는 수 없이 인사팀장을 찾아갔다. 하지만 그런 입장은 인사팀장도 마찬가지였다. 탁대가 8급으로 추진해 달라고 말했지만 그의 대답은 은 과장의 복사판이었다.

"시장님 지시 사항인데 내 멋대로 바꿀 수 없네."

"그럼 시장님에게 말씀해 주시면……."

"이 친구가 지금 하는 추진도 난항인 판에 장난하나?"

탁대는 핀잔 아닌 핀잔만 주워듣고 복도로 나왔다.

난감했다.

특진 규정과 최저승진연한이 충돌하면서 특진 자체가 없던 일이 될 수도 있는 사안. 그런 상황이다 보니 시장이 지시한 7급 특진을 8급으로 바꿔달라는 옵션이 끼어들어갈 여유가 없었다.

하지만!

이러다 어물쩍 7급 특진이 결정되면 그 또한 낭패였다.

'미치겠네.'

복잡한 공무원 조직. 시장의 말 한마디로 끝나면 좋을 것을 특진의 조건을 갖추고도 특진은 쉬운 게 아니었다.

골머리를 앓을 때 CCTV 설치업자들이 들어왔다.

"서류는 여기 있으니까 사인이나 하게나."

용 팀장이 서류를 내밀었다.

"팀장님이 서류 작성하셨습니까?"

"자네가 쉴 때 시스템 테스트했잖아? 조 주임도 바빠서 내가 처리했으니까 사인이나 해."

옆을 돌아보지만 윤아는 다른 부서에 업무협조 추진차 자리를 비우고 없었다. 서류를 넘겨 보지만 눈에 잘 들어오지 않았다. 전임 오 주임이 추진하던 사업이기에 더 그랬다.

"아, 빨리 해, 이 사람아. 시간 없어."

"그래도 뭔지 검토는 해야……."

"뭐야?"

"……."

"잘못되면 내가 책임질 테니까 얼른!"

용 팀장이 서류를 흔들었다. 탁대는 그게 귀찮아 사인을 해 버렸다. 용 팀장은 내친 김에 은 과장의 사인도 직접 챙겼다. 그런 다음 업자들을 데리고 회계팀으로 향했다.

"아우, 이제야 숙원 사업을 끝냈네."

일을 끝낸 용 팀장, 아주 뿌듯한 표정으로 탕비실 문을 열었다. 보나 마나 또 한잠 때리려는 것이다. 윤아가 돌아온 건 그때였다.

"저분, 왜 저렇게 기분이 좋대요?"

자리에 앉은 윤아가 탁대를 향해 나지막이 말했다.

"CCTV 단속 시스템 때문인가 본데요?"

"어머, 그거 사인했어요?"

"네. 왜요?"

"용 팀장님… 설마 탁대 씨에게 물 먹이는 거 아니겠지?"

윤아는 턱을 괴며 혼잣말을 중얼거렸다.

"뭐라고요?"

"아, 아니에요. 그냥……."

윤아는 손사래 치며 탁대의 우려를 날려 버렸다.

퇴근 직전, 탁대는 다시 인사과의 호출을 받았다. 인사팀장은 외부와 통화를 하고 있었다.

"예, 예… 저희 쪽 검토 방향도 그렇게… 예……."

공손한 태도를 보니 상급 기관과 통화하는 눈치였다.

"알겠습니다. 고맙습니다."

통화를 끝낸 팀장이 자리를 털고 일어났다.

"해답이 나왔네."

상담석에 앉은 팀장이 밝은 표정으로 입을 열었다.

"어떻게……."

"특진은 무산되었네."

"……?"

"놀랄 거 없네. 현행 규정으로는 자네를 당장 특진시킬 수 있는 방법이 없어. 그래서 우회적인 방법을 찾아냈지."

'우회적?'

"그게 바로 특별채용형식을 빌린 우회적 특진이네."

특별채용!

인사팀장이 온갖 조언과 법조항 검토, 질의를 통해 얻어낸 결론. 그건 바로 탁대를 7급으로 특별 채용하는 형식을 빌리는 것이었다.

즉, 9급은 오늘 퇴직 처리를 하고 내일 7급으로 특채하면 문제될 게 없다는 결론이었다.

"이제 시장님께 보고하는 일만 남았네. 축하하네!"

팀장이 손을 내밀었다. 하지만 탁대는 그 손을 잡지 않았다.

"왜? 문제가 있나?"

"말씀드렸지 않습니까?"

"7급이 아니라 8급?"

"예!"

"미안하지만 통상 행정직은 9급이나 7급으로 채용하지 8급 채용은 없네."

"예?"

"자네가 아직 신규 딱지도 안 뗀 상태라 뭘 모르나 본데, 이건 정기 인사도 아니고 오직 자네 하나 때문에 따로 작업을 하고 있는 거네. 그러니 괜한 고집부리지 말고 나가봐. 무슨 사정인 지는 몰라도 나중에는 나한테 절을 하게 될 테니까."

"팀장님!"

"어허, 잘해 준다는데도 웬 똥고집이야?"

팀장이 단호하게 일어섰다. 탁대도 따라 일어섰다.

"진짜 따라 들어오려고 그래?"

시장실 앞에 선 팀장이 거기까지 따라붙은 탁대를 바라보았다.

"죄송합니다."

"그래. 어디 네 멋대로 해 봐라. 나도 모르겠다."

체념한 팀장은 비서실 문을 열었다.

"8급?"

시장실, 창밖을 내다보던 김성곽이 고개를 돌렸다. 탁대는 팀장 옆에 단단히 서 있었다.

"죄송합니다. 그렇게 고집을 부리는군요."

"이유가 뭔가?"

시장이 탁대를 바라보았다.

"특진은 너무 감사합니다. 하지만 제가 9급이었으니 다른 동기들의 사기를 생각해서도 8급으로 가는 게 맞다고 봅니다."

"그게 단가?"

'좀 약한가?'

탁대는 눈자위를 살짝 구겼다. 시장이 들어 주지 않으면 바로 결정이 될 판이었다.

"역시 그 사건은 우연이 아니었군. 동기들 배려까지 하는 품성이라……."

시장은 탁대를 지나 소파에 앉았다.

"부탁입니다."

탁대는 한 번 더 강조했다.

"그렇게 말하니까 더욱 7급을 줘야 할 것 같은데?"

"시장님!"

"안 그런가? 인사팀장?"

"그렇습니다."

팀장은 고개를 조아렸다. 그로서는 시장의 비위를 거스를 이유가 없었다.

'그렇다면…….'

탁대는 머리를 굴렸다. 7급이 되면 로르바흐의 인생에 마침표가 찍힌다. 그건 절대 안 될 말이었다.

"정 그러시다면……."

탁대는 시장을 바라보며 또렷하게 뒷말을 이었다.

"제가 사표를 내겠습니다."

"사표?"

"마땅히 할 일을 하고 승진하는 것도 고마운데 어떻게 두 계단이나 오르겠습니까? 그건 제가 마치 보상심리를 가지고 공직을 수행한 것으로 오해를 살 수도 있는 일입니다. 그러니 제 주장이 받아들여지지 않는다면 그동안 제게 온 제의 중에서 골라 재취업을 할까 합니다."

탁대는 흔들리는 마음을 숨기려 애써 단단한 눈빛을 튕겨냈다. 다행히 그게 먹혔다. 시장도, 팀장도 탁대의 속내를 파악하느라 분주해 보였다.

"하긴 국민영웅이니 여기저기서 스카우트 제의를 해왔겠군."

"죄송하지만 서울시에서도 옮겨올 생각이 없냐는 전화를 받았습니다만……."

탁대는 슬쩍 간을 보려는 시장의 마음에 쐐기를 박았다.

"이봐. 그런 말은 없었잖나?"

듣고 있던 팀장이 넌지시 탁대를 나무랐다.

"저는 8급을 원합니다. 선처해 주십시오, 시장님!"

탁대는 시장을 향해 고개를 숙였다. 시장도 직위에 걸맞게 눈빛 한 번 흔들리지 않았다. 두 사람의 무게감에 질식 직전까지 간 인사팀장은 숨도 제대로 쉬지 못했다.

"오빠는 진짜 대단해요."

퇴근 후, 아담한 호프집에서 뭉친 탁대와 윤아, 그리고 단속조 혜자와 명하의 분위기는 좋았다. 그중에서도 혜자의 목소리가 가장 명랑하게 들렸다.

"에이, 왜 자꾸 쑥스럽게……."

"7급으로 특진시킨다는 데도 8급을 고집했단 말이에요?"

"한꺼번에 너무 올라가면 안 좋잖아?"

"진짜… 나 같으면 그냥 넙죽 받았겠다. 그렇게 큰 사고를 막았는데……."

혜자는 여전히 아쉽다는 표정이다.

"내 생각도 그래요. 줄 때 받아야지 일 안 하고 온갖 공을 챙기는 인간들도 널렸는데……."

윤아도 혜자의 의견에 한 표를 더 했다.

"그나저나 언제 특진하는 거예요?"

명하는 그게 궁금한 모양이었다.

"이런저런 절차 때문에 좀 걸린대. 그러니 그만하고 술이나 마시자. 오늘은 내가 쏩니다!"

탁대는 그쯤에서 무마를 했다. 탁대의 꿈속에서 기묘한 동거를 이루는 로르바흐. 그의 일을 그녀들이라고 알 턱이 없었다.

"그런데 오빠 진짜 초능력 있어요?"

이번에는 명하가 물었다.

"초능력?"

"방송에서도 많이 나왔어요. 아마 어린 생명들을 살려야 한다는 간절함 때문에 초능력을 발휘한 거 같다고. 그리고 분식집 앞에서 화물차한테 본드 귀신이 어쩌고 할 때도 그 사람, 진짜 손바닥이 붙은 거 같았다고요."

"본드 귀신은 우연히 접준 게 통한 거지만 박물관 사건은 좀 간절하긴 했어. 차는 달려오지, 애들은 많지……."

"조탁대 씨!"

듣고 있던 윤아가 탁대 등짝을 치며 말을 이었다.

"괜한 객기 부리지 말고 다음부터는 튀세요. 이번엔 운이 좋았지 탁대 씨가 무슨 신도 아니고……."

"알겠쑴니다, 썬배님!"

탁대는 격음을 강조하며 대답했다.

"아무튼 정말 다행이에요. 저는 그날 얼마나 놀랐든지 아직도 청심환 먹어야 잠든다니까요."

잔을 내려놓은 혜자가 고개를 저었다.

"그럼 내가 미안하네……."

"오빠가 왜요? 말이 그렇다는 거죠."

"그냥 7급 받아서 한 급은 우리한테 딱 떼어 주면 좋았을걸."

명하가 반농담으로 끼어들었다.

"어머, 그러고 보니 자기네 재계약이 다가오잖아?"

"네……."

윤아가 묻자 맥없이 대답하는 혜자와 명하. 둘은 계약직이었기에 재계약 기간이 닥친 모양이었다.

"걱정 마. 일도 잘하니까 아무 문제없을 거야. 내가 무조건 밀어줄게."

윤아는 시원하게 두 사람을 지지했다.

"그거 매년마다 계약하는 건가요?"

아직 계약직의 속성에 대해 잘 모르는 탁대. 궁금한 마음에 윤아를 바라보았다.

"무기 계약직으로 돌리면 좋은데 그걸 못 했어요. 용 팀장님하고 은 과장님이 힘을 써야 하는데 엉뚱한 데에만 골똘하고 있으니……."

"그렇군요."

그 말을 들으니 조금 미안했다. 누군가에겐 좋은 일이 다른 누군가에겐 씁쓸한 일이 될 수도 있다는 것. 탁대가 특진으로 들뜬 순간, 그걸 축하하면서도 다가올 재계약에 마음 졸였을 혜자와 명하를 생각하니 괜히 숙연해졌다.

"그만 가요. 날씨도 추워지는데……."

술자리는 윤아가 정리했다. 밤 10시 10분, 파하기엔 살짝 이르지만 여자들과의 술자리다 보니 딱히 빠른 것만도 아니었다.

"탁대 오빠, 이거……."

여자들을 먼저 보내고 혼자 남은 탁대. 그런데 간 줄 알았던 혜자가 다시 돌아와 음료수를 내밀었다.

〈숙취 해소의 킹왕짱─확 깨 드링크!〉

헛개나무가 왕창 들어갔다는 숙취제거제. 그걸 내밀며 혜자는 볼을 붉혔다.

"이거 때문에 돌아온 거야?"

"오빠 주려고 아까 샀는데 깜빡했어요."

음료수를 받다가 그녀의 손과 닿았다. 혜자의 손이 파르르 떨었다.

"고마워."

음료수가 아니라 그녀의 마음을 받은 느낌이었다.

허겁지겁 뛰어가는 그녀를 보고 있으니 아련한 추억이 가깝게 다가왔다.

여자!

말 타면 좋 앞세우고 싶다더니, 수많은 축하를 받았지만 그래도 아쉬운 게 있었다.

'사랑하는 사람이 있다면…….'

좋았을 것이다. 그런 사람이 옆에 있어 품어 주면 헐렁해진 기와 맥이 금세 차올랐을 지도 모른다. 그렇다고 초희가 그리운 것은 아니었다. 그녀의 일은 이제 완전한 추억으로 정리되어 있었다.

음료수 뚜껑을 돌린 탁대는 단숨에 입에 털어 넣었다. 그러다 병을 버릴 쓰레기통을 찾을 때 낯익은 몸체가 시야에 들어왔다.

'이팔호?'

팔호였다.

옆에는 40대 중반의 기능직이 있었다. 그는 탁대와도 안면이 있는 얼굴이었다. 일식집에서 나온 팔호는 기능직 아저씨에게 이끌려 유흥주점으로 들어갔다. 분위기로 보아 뭔가 약점을 잡은 팔호가 향응을 즐기는 장면이 분명했다.

'저 자식 봐라? 이제 보니 뒷구멍으로 마구마구 호박씨를?'

*　　　*　　　*

'10분 경과.'

팔호가 들어간 지 10분 후에 탁대도 움직였다.

"혼자세요?"

주점에 들어가자 여주인이 물었다.

"여기 노래방 아닌가요?"

"노래방 맞아요."

"그런데 분위기가……."

막상 들어오긴 했지만 사실 탁대도 갈피를 잡기 어려웠다. 얼핏 보면 노래방 같은데 자세히 보면 조금 다른 분위기였다.

"노래만 해도 되고요, 그냥 맥주나 두어 병 마셔주시면… 들어가세요. 쭉쭉빵빵한 여대생 알바 아가씨도 많아요."

"아닙니다. 다음에……."

탁대는 복도 사이로 열린 빈 방을 바라보며 나왔다. 그런 다음 건너편의 커피전문점 창가에 자리를 잡았다.

오래지 않아 검은 차량이 한 대 주점 앞에 섰다. 아가씨 둘이 내렸다. 외투를 걸친 아가씨들은 흰 허벅지를 고스란히 드러낸 차림이었다.

'아가씨라?'

팔호가 부른 여자들이다. 주점의 룸은 거의 비어 있었다. 그러니 팔호네가 아니면 부를 사람이 없는 것이다.

'잘나가네. 이팔호.'

그런데 아가씨들이 금세 나왔다. 소위 삔찌를 맞은 모양이었다. 10분 사이로 한 팀이 또 왔다. 이번에는 한 명만 나왔다. 뒤를 이어 멈춘 차량은 짝을 맞추려는지 한 명의 아가씨를 내려놓았다.

12시!

주점에서는 아무도 나오지 않았다. 커피점의 손님도 하나둘 자리를 털고 일어섰다. 지루한 시간 동안 탁대는 화염 마법을 연습하며 시간을 때웠다.

깨알만 한 불덩이나 구슬만 한 불덩이를 만들었다. 그 정도는 사람의 눈길을 끌지 않아 편했다. 공간 극복도 해보았다. 손바닥 위가 아니라 저만치 탁대가 원하는 공간에 바로 화염을 작렬시키는 것. 어느덧 화염에 익숙해졌는지 크게 어렵지 않았다.

그러다 1시가 다 되었다. 하품이 나왔다.

'자식, 밤새우려나? 대체 저 안에서 뭘 하는 거야?'

더는 기다리기 어려운 시간이 되었다. 더구나 커피점도 문을 닫을 시간이 가까웠다. 그만 집으로 가야 하나 싶은 생각이 들 때였다.

기능직 아저씨가 먼저 나왔다. 전화기를 꺼내 든 그는 휘파람을 휘휘 불며 휘적휘적 도로로 걸었다. 뭔가 홀가분해진 모습이었다. 탁대는 전화기를 꺼내 창밖으로 스쳐 가는 아저씨를 영상으로 찍었다.

팔호는 1시가 되어서야 나왔다. 아가씨와 둘이였다. 둘 앞에 검은 차량이 서자 아가씨가 차에 올랐다. 탁대는 슬슬 커피 가게 문을 열고 나왔다.

쏴아아!

이 소리는 물소리가 아니다. 빗소리도 아니다. 잘나가는 이팔호가 노상에 대고 실례를 하는 소리다.

"공무원이 노상방뇨해도 되냐?"

뒷골목 입구에 버티고 선 탁대가 넌지시 한마디를 날렸다. 그 말에 놀란 팔호가 노란 물줄기를 끊고 돌아보았다.

"아아. 하던 거 마저 짜내라. 주정차 과태료 끊을 것도 아니니까."

"웬일입니까?"

눈자위를 콱 구기고 돌아보는 팔호. 마음에 안 든다는 우회적인 표현이었다.

"뭐 그냥. 유흥가에 주차 민원이 들어와서 나왔다가……."

"국민영웅답군요. 이 새벽에……."

팔호는 슬쩍 비꼬며 바지를 추켜올렸다.

"그러는 너도 만만치 않구나. 이 시간에도 복무 점검이냐?"

"남이사……."

팔호는 비틀거리는 몸의 중심을 잡았다. 탁대 앞에서 표시를 안 내려고 하지만 기우뚱 기운 몸을 보니 제법 마신 모양이었다.

"아까 보니 주점 앞에 누구랑 같이 있던데?"

"……!"

슬쩍 떡밥을 던지자 팔호의 표정이 격하게 반응해 왔다.

"그런데 나올 때는 여자로 바뀌더란 말이지. 잘나가는 이팔호가 마법도 부리나?"

"지, 지금 무슨 말을 하는 겁니까?"

팔호가 갈기를 세우며 본능적인 방어를 취했다.

"Sorry. 난 네가 유흥주점 단속반이랑 대동한 건 줄 알았거든."

탁대는 태산처럼 버티고 서서 팔호를 쏘아보았다. 강철처럼 단단한 시선 속에는 이미 순간 독심 마법이 발현된 후였다.

―이 새끼 뭐야?

―설마 내가 술 얻어 마신 거 아는 건 아니겠지?

―아니야. 이까짓 놈이 알긴 쥐뿔.

―여자하고 숏 타임한 건 주점 주인도 모르는 사실이야.

"푸헐~!"

거기까지만으로도 탁대는 코웃음이 나왔다.

"왜 웃어요?"

똥 싼 놈이 성질낸다더니 짜증을 낸 건 이팔호였다.

"아니, 난 네가 기능직 아저씨 약점 잡아서 저 주점에서 술 얻어마셨나 했거든."

"뭐라고요?"

"그러다 술김에 여자랑 거시기도 하고. 아, 그럼 접대부 접대니까 뭔가 큰 건수를 잡은 건가?"

"조탁대 씨!"

궁지에 몰린 팔호가 버럭 악을 썼다.

"아님 말고."

"아, 진짜. 사람 뭘로 보고… 내가 당신 같은 줄 알아요?"

"당신?"

"누가 모를 줄 알아요? 민원에게 점심 얻어먹은 거."

"박복자 씨 말이냐? 너 정보력 죽인다?"

"흥, 봉투도 받았는지 모르지."

"야, 이팔호."

탁대는 씩씩거리는 팔호 어깨에 한 손을 짚었다. 그런 다음 얼굴을 들이댄 후에 또렷하게 말했다.

"왜 그렇게 정색을 하나? 농담 한 번 한 건데."

"……."

"그리고 내 뒷조사하려면 똑바로 해라. 박복자 씨랑 점심 먹은 건 부서장 허락하에 먹은 거야. 아니, 그 양반이 어거지로 시킨 거거든. 그러니까 문제가 생기면 은 과장부터 조져라, 응?"

"……."

"젠장, 오늘은 내가 감사실 직원을 미행 감사한 꼴이네."

탁대는 팔호의 어깨를 두어 번 두드려 주고 돌아섰다.

"아, C8……."

할 말을 잃은 팔호의 입에서 쌍욕이 튀어나왔다. 탁대는 걸음을 멈추고 느긋하게 돌아보았다.

"그나저나 거시기에 붙은 휴지나 좀 떼고 다녀라. 대봉황시의 잘나가는 감사관실 이팔호 체면에 말이야."

"……?"

놀란 팔호가 사타구니를 움츠렸다. 순간 투시였냐고? NO. 그건 탁대가 그냥 던져 본 말이었다. 하지만 찔리는 구석이 있는 팔호는 얼른 뒤돌아서서 바지를 내렸다. 놀랍게도 그의 거시기에는 휴지가 남아 있었고 팔호는 허둥지둥 휴지 조각을 떼어 내려했지만!

그 정도 눌러주려고 긴 시간을 기다린 탁대가 아니었다.

'붙어라!'

탁대는 저만치 떨어진 거리에서 순간 접착을 발현시켰다. 한 손은 벨트를 잡고 또 한 손은 지퍼를 내린 상태의 이팔호.

'이, 이게 왜 이래?'

팔호의 두 손은 바지 위에 멈춰 떨어지질 않았다. 발도 꼼짝하지 않는다. 설상가상, 앞에서는 순찰 중인 두 명의 경찰관이 다가오고 있었다. 자칫하면 저 먼 바다의 큰 섬에서 일어난 그분처럼 공연음란 행위로 걸릴 수도 있는 상황.

'우워어……!'

술이 확 깬 팔호는 지퍼를 올리려 안간힘을 썼지만 팔이 움직이질 않았다. 경찰관은 점점 가까이 다가왔다. 아직 거시기에 붙은 휴지 조각도 떼어내지 못한 상황.

'이러다 신분이 밝혀지면?

그 높은 양반도 짤리는 판에 9급 공무원이야 말해서 무엇할까? 팔호는 필사적으로 지퍼를 올리려고 버둥거렸다.

"저기요!"

몇 걸음 앞까지 다가온 경찰들이 팔호를 바라보았다. 팔호는 젖 먹던 힘까지 동원해 버둥거렸다.

그러자!

꼼짝도 않던 손이 움직이는 것과 동시에 지퍼가 올라갔다. 하지만 팔호의 입에서 나온 건 유흥가를 찢어버릴 듯 통한에 잠긴 비명이었다.

"으아악!"

마법은 풀렸지만 팔호는 그 자리에서 움직이지 못했다.

"왜 그러십니까?"

"아, 아무것도."

팔호는 숨을 멈추고 고개를 저었다. 경찰은 고개를 갸웃거리고는 가던 길로 가버렸다. 그제야 팔호는 지퍼의 만행을 확인하기 위해 고개를 숙였다. 지퍼는 거시기 살점을 물고 멈춰 있었다. 그걸 본 팔호의 입에서는 거품과 함께 끝없는 비명이 터져 나왔다.

"으아아악!"

'불쌍한 놈. 좀 살살 올리지.'

탁대는 아련해지는 비명을 반주 삼아 콧노래를 흥얼거렸다.

"허헛!"

꿈속에 만난 로르바흐는 계면쩍은 듯 웃음을 터트렸다.

"잘했죠?"

"송구하군. 고속 승진이 가능한 주인에게 민폐를 끼치고 있으니…….."

"아뇨. 어차피 그 일을 할 수 있었던 것도 대마법사님 덕분인 걸요."

탁대는 진심이었다. 순간 접착 마법이 없었던들 뭘 믿고 트럭과 맞설 수 있었을까?

"하긴 그렇게 따지면 그럴 수도… 그대가 엉뚱한 나인 크로스만 만들지 않았어도 우린 만날 일이 없었을 테니."

"그럼 대마법사님은 더 좋은 형편이 되었겠죠?"

"아니!"

탁대의 말을 로르바흐는 간단하게 부정했다.

"왜요? 적어도 나처럼 허접한 인간은 만나지 않았을 거 아닙니까?"

"처음에는 그랬지. 뭐 이런 기본도 안 된 인간이 있나 하고."

"그런데요?"

"지금은 다르네. 이제야 그대의 진가를 보고 있다고나 할까?"

"에이, 제가 무슨……?"

"아닐세. 마법 수련생 중에도 대기만성형이 있다네. 처음에는 도무지 자질조차 없어 보이지만 어느 시점이 되면 폭발적인 능력을 발휘하기 시작하는…….”

"설마 제가 그렇다는 건 아니겠죠?"

"가능성을 보았다는 것일세. 분명한 건 그대는 이제 9급 공무원 시험이라는 벽 앞에서 허덕이던 찌질한 사람이 아니라는 걸세.”

"듣기는 좋군요.”

"아무튼 고맙네. 덥석 받아들여도 될 것을 내 형편까지 고려해 줘서.”

"그런 말 마세요. 저는 어떻게든 노력해서 대마법사님을 라도혼 공국으로 갈 수 있게 해드릴 겁니다.”

"허허헛!"

로르바흐는 처음과 똑같은 미소를 남기고 꿈에서 물러갔다.

'얍!'

이른 아침, 출근길에서 탁대는 투시 마법을 연습했다. 자기 지갑을 꺼내 내용물을 들여다보고, 여자들의 부츠 안도 투시해 보았다. 그래도 나름 짝퉁 마법사가 된 건지 순간 접착이나 순간 독심 같은 걸 연습할 때보다는 힘들지 않았다.

'일단 작은 것부터 익숙해지면서…….'

탁대 눈에 찜질방이 들어왔다. 저기는 원래 목욕탕이 있던 자리였다.

'여자 목욕탕⋯⋯.'

중학교 때였다. 친구들과 이야기를 하는 중에 투명인간이 화제가 된 적이 있었다. 그때 친구들은 투명인간이 되면 여자 목욕탕에 가고 싶다는 얘기를 했었다.

'만약 그때 투시 마법을 배웠다면 여학생들 맨몸을 보고 싶었을까?'

그랬을지도 모른다. 하지만 그렇다고 해도 그건 단순한 호기심에 다름 아니다. 나이 먹은 사람처럼 음욕이 아닌 것이다.

탁대는 앞에서 걸어오는 미니스커트의 아가씨를 바라보았다.

불행인지 다행인지 투시 마법은 물체와 육체를 구분한다. 즉 물체 너머의 물체는 비교적 또렷이 보이는데 옷 안의 맨살은 선명하게 보이지 않는 것이다. 그러니 영화나 동영상처럼 선명한 알몸을 기대한다면 헛된 바람일 뿐이다.

'대마법사님⋯⋯.'

탁대는 다시 한 번 로르바흐에게 존경심을 표했다. 불필요한 것은 배제한 마법. 이 얼마나 정갈한 일인가? 투시 마법이 여자의 알몸을 적나라하게 보여준다면 그건 탁대에게도 혼란을 줄 것이 자명했다.

'헉!'

'안 돼!'

'으악, 저기는 노팬티⋯⋯.'

고개 돌리는 곳마다 여자들의 알몸이 보인다면 일상을 살기는 애당초 불가능한 일이다.

"국민영웅 조탁대 주사님!"

청사에 들어설 때 방호장 맹대우가 손을 흔들었다.

"안녕하세요?"

"특진한다면서요?"

"어우, 해야 하는 거죠."

"에이, 소문 파다한데 무슨 소리예요? 당연히 시켜줘야지. 아무튼 축하해요."

"고맙습니다."

탁대는 꾸벅 인사를 남기고 현관으로 향했다.

"이어, 조탁대!"

소리의 주인공은 용 팀장이었다. 주차장에 차를 세운 그는 작은 가방을 들고 내렸다.

"들어드릴까요?"

"아니야. 됐어."

용 팀장은 정색을 하며 손사래를 쳤다.

'신줏단지라도 들었나?'

궁금한 차에 슬쩍 투시를 걸었다. 가방 안에 든 건 잡동사니와 함께 세 돈쯤 되어 보이는 금팔찌였다.

'금팔찌?'

순간 국장님이나 시장님 쪽에 애경사가 있나 싶은 생각이 드는 탁대. 하지만 생각은 오래가지 못했다. 계단을 내려오던 재광 때문이었다.

"탁대 형."

"어, 재광이……."

"잠깐 커피 한잔하자. 안녕하세요?"

재광은 탁대의 손을 잡으며 용 팀장에게도 인사를 빼먹지 않았다.

"모닝커피 쏘는 거냐?"

자판기 앞으로 끌려온 탁대가 물었다.

"커피는 형이 쏴야지. 특진한다며?"

"해야 하는 거지."

"뭐가 해야 하는 거야? 시장님 결재까지 다 떨어졌다면서?"

"뭐 하긴 하는 거 같다."

"아무튼 축하해. 형은 진짜……."

"마셔라. 쭈욱~!"

탁대는 자판기에서 나온 잔을 재광에게 건네주었다.

"으아, 나도 그 자리에 있었으면 형 덕분에 같이 특진하는 건데."

"그러다 잘못돼서 같이 죽는 건 생각 안 해봤냐?"

"그, 그러네."

"아무튼 고맙다."

"형, 승진한다고 짜포 찬밥으로 알면 안 돼."

"너나 마음 변치 마라."

돌아서던 탁대는 복도 끝에 등장한 팔호를 보게 되었다.

"이어, 잘나가는 감사실 직원님!"

탁대는 살짝 빈정거림을 담아 손을 흔들어주었다. 인상을 팍 찡그린 팔호는 어기적어기적 팔자걸음을 걸으며 계단으로 올라가 버렸다.

"쟤 왜 저래요? 형한테 감정 있는 눈친데?"

"내가 특진한다니까 배알이 뒤틀리는 모양이지."

"아, 저 친구 진짜… 사람들한테 욕먹는 것도 모르고……."

"욕?"

"다들 싸가지 없다고 난리야. 인간미라고는 털끝만큼도 없다고……."

"다 제 잘난 멋에 사는 거지 뭐."

"우리 동기니까 그렇잖아? 싸잡아 욕하는 선배도 있고."

"수고해라. 우리 과장님이 눈 벌겋게 뜨고 이게 왜 안 오나 하고 있을 테니 가봐야겠다."

"알았어. 특진하면 한잔해."

"그래."

탁대는 빈 종이컵을 버리고 층계를 올랐다. 팔호는 4층에 있었다. 어기적거리면서도 창 너머를 들여다보는 폼이 또 뭔가 건수를 잡으려는 모양이었다. 그 뒤로 다가가 엉덩이를 툭 쳐 주는 탁대.

"으악!"

놀란 팔호가 사타구니를 잡으며 탁대를 바라보았다.

"엉덩이 때렸는데 왜 고추를 감싸냐? 설마 그 나이에 고래 잡은 건 아닐 테고?"

"남, 남이야 뭘 하든요."

팔호는 콧등을 우묵하게 찡그리며 탁대를 쏘아보았다.

"왜 그렇게 각을 세우냐? 그냥 수고하라는 뜻이야."

탁대는 모른 척 웃어주고는 교통과 사무실 문을 열었다.

"안녕하세요?"

일단 인사부터 내지르는 탁대. 윤아와 혜자가 먼저 인사를 받았다. 나머지는 간단하게 손을 들어주거나 아예 무시하는 사람도 있다. 그중 하나가 바로 최정예 공익이었다. 싸가지에 밥 말아먹어도 곱빼기로 먹은 놈이 틀림없다.

용 팀장은 은 과장 책상 옆에 찰싹 붙어서 살살거리느라 바빴다. 하긴 저것도 능력인 걸 어쩌랴? 보통 사람들은 진급시켜 준다고 해도 할 수 없는 일이었다.

'응?'

과장 책상 앞을 지나던 탁대가 멈칫 걸음을 세웠다. 탁대의 시선은 용 팀장 책상으로 옮겨갔다. 가방 안, 거기 있어야 할 금팔찌. 그게 은 과장 책상의 마우스 옆에 놓여있는 것이다.

투시.

금팔찌.

다시 확인해도 틀림없었다.

'저게 왜 과장님 책상에?'

탁대의 미간이 확 좁혀졌다.

*   *   *

"저녁에 시간 좀 내게."

오후가 되자 용 팀장이 슬쩍 다가와 속삭였다.

"현장 나가시게요?"

"이따 보면 알아."

용 팀장은 그 말을 남기고 밖으로 나갔다.

'뭐지?'

탁대는 고개를 갸웃거렸다. 직속 팀장이라지만 용건도 밝히지 않고 시간을 내라니. 하지만 일단은 받아들이는 수밖에 없었다.

"조 주임님."

잠시 후에 자리로 돌아온 윤아를 탁대가 불렀다.

"왜요?"

"혹시 우리 팀 회식 있어요?"

"아뇨."

"그래요."

"왜요? 회식한대요?"

"용 팀장님이 시간 좀 내라고 하기에."

"팀장님이요? 난 모르는 일인데?"

"알았습니다."

탁대는 더 이상 말을 꺼내지 않았다. 아마 용 팀장이 따로 탁대에게 볼일이 있는 모양이었다.

'남자끼리 얘긴데 말이야…….'

용 팀장은 간간이 그런 말을 했었다. 남자끼리의 끈끈함. 말은 좋다. 문제는 행동이다. 첫 인상은 좋았지만 그건 오래가지 않았다.

뿌리 얕은 나무 바람에 무쟈게 흔들릴세.

용 팀장의 좋은 이미지는 벌써 쓰나미에 밀린 방조대처럼 상당수 무너지고 없었다.

6시 45분.

오늘도 퇴근 서열에는 변함이 없다.

제일 먼저 대한민국 최정예 공익 이완용이 퇴근했다. 그것도 5시 50분경에. 이어 혜자와 명하가 눈치를 살피며 나갔다. 나머지는 랜덤이다. 송 주임과 채동치, 박 주임 등은 자기 형편에 따라 빨리 퇴근할 때도 있었기 때문이다.

"조탁대, 준비하지."

가방을 챙긴 용 팀장이 보란 듯이 소리쳤다. 단속 통계를 내던 탁대가 고개를 들었다.

"저는 아직 일이 남았습니다."

"어허, 아까 내가 말했잖아?"

"사적인 거면 내일 가면 안 될까요?"

"이 사람, 이건 공무야, 공무!"

용 팀장이 잘라 말했다. 탁대는 할 말이 없었다. 공무란다.

"과장님, 들어가십시오."

"그래. 가서 잘 마무리하시오."

다른 날과 달리 은 과장은 부드러운 목청이었다.

"어딜 가시는지……."

어둠이 내린 주차장에 내려선 탁대가 물었다. 아무리 공무라고 해도 알 건 알아야 했다.

"사람 성질 한 번 급하네."

용 팀장이 가방을 뒷좌석에 집어던졌다.

투시!

한 번 더 확인하는 탁대. 아침에 들어 있던 금팔찌 상자는 보이지 않았다.

"목화로 상가 알지? 거기 주정차 금지구역 해제하기로 했어."

"네?"

탁대의 눈이 휘둥그레졌다. 그곳은 특정한 시간에 교통정체가 심한 곳이었다.

"뭐가 네야 이 사람아. 지역 경제를 살려야지. 그러자면 상가 활성화가 우선이잖아?"

"하지만 그렇잖아도 교통정체가 심하다고 단속 민원이 끊이질 않는 곳인데……."

"알았으니까 타기나 해."

운전석에 앉은 팀장이 탁대를 재촉했다. 탁대로서는 일단 타는 수밖에 없었다.

"허튼소리 말고 자넨 굿이나 보고 떡이나 먹어. 이건 시장님 특별지시 사항이야."

"……."

운전하는 용 팀장은 표정이 가볍다. 보아하니 은 과장과 함께 뭔가 수작을 부린 모양이었다. 그렇지 않고는 이런 결정이 날리 없었다.

목화로 상가지역.

여기 토박이 상인들은 봉황종고 출신이 많았다. 그들은 주변 교통 상황은 아랑곳없이 주정차를 일삼았다. 손님들 차량도 버젓이 안내했다.

국민영웅으로 불리기 이전에 그 통계적 횡포도 확인했다. 그들이 조직적으로 제기한 민원은 자그마치 수백 건이었다.

그런데!

그들의 민원제기 상대는 담당자가 아니었다. 위에서 누르고 내려오는 것이다. 국장이나 과장을 통한 담당자 압박. 하지만 탁대가 새로 업무를 맡고부터는 잠잠한 편이었다. 그래서 주정차 금지구역 해제 요청을 포기한 걸로 알았던 탁대였다.

'뒷구멍으로 진행이 되었던 모양이군.'

탁대는 재빨리 상황을 파악했다. 아직 공문은 내려오지 않았다. 그렇다면 이건 시장이나 간부가 내부적으로 결정을 내린 일이었다.

"아이고, 용 팀장님!"

상가 거리 안쪽의 건물 앞에 주차를 하자 상인 대표와 총무가 설레발을 치며 달려왔다.

"추운데 왜 나와 계십니까?"

"무슨 말씀입니까? 지역을 위해 일하는 공무원이 오는데 당연히 마중을 나와야죠."

"이쪽은 담당자 조탁대 씨입니다. 요즘 대한민국에서 제일 유명한 공무원이죠."

"국민영웅 조탁대 씨?"

상인 대표는 한눈에 탁대를 알아보았다. 만남 자체는 뭔가 불손한 거 같지만 탁대는 싫은 내색을 못 했다. 웃는 얼굴에 침을 뱉을 수 없었기 때문이다.

"이야, 실물로 보니 더 미남이네?"

거들고 나선 건 총무다. 상인들은 말로 탁대를 들었다 났다하며 분위기를 띄웠다.

"들어가시죠. 식사라도 하면서 얘기합시다."

대표가 용 팀장을 끌었다.

"가세."

탁대의 등을 미는 용 팀장. 하지만 탁대는 그 자리에 버티고 섰다.

"왜?"

"잠깐만요."

탁대는 용 팀장을 바라보았다. 눈치를 차린 팀장이 대표에게 말했다.

"먼저 들어가세요. 곧 가겠습니다."

팀장의 말을 들은 상인들이 건물로 들어갔다. 그러자 용 팀장이 눈자위를 구기며 물었다.

"왜 이래? 알아듣게 말했는데?"

"그게 아니고 제가 왜 왔는지 말씀을 해주셔야……."

"자네가 담당이잖나? 주민들 의견 경청하라고 데리고 온 거야."

"그러니까 그걸 왜?"

"이 사람이 정말… 시장님 특별지시 사항이라고 했잖아?"

"공문이 없었습니다."

"곧 내려올 거야. 그러니까 자네는 이 양반들 의견 듣고 어디서 어디까지 구역을 정할 건지만 반영해 주면 돼."

용 팀장의 목소리에 짜증이 묻어나기 시작했다. 실리에 밝은 용 팀장. 지금 그에게 중요한 건 탁대가 아니라 상인들이었다.

'젠장, 전가의 보도로 사람을 압박하다니.'

탁대는 쓴 입맛을 다셨다. 시장 특별지시는 유니크 아이템이다. 공문도 그런 건 더 빨리 처리해야 한다. 조금만 늦으면 기획실 같은 곳에서 가차 없이 다그치기 일쑤였다.

'일단 일이 어떻게 돌아가는 지나 들어보는 수밖에.'

탁대는 결국 용 팀장을 따라 안으로 들어갔다.

첫 출발은 아주 간소했다.

상인 대표가 데려간 곳은 포장마차식의 간이횟집이었다. 테이블도 꼴랑 세 개뿐이고 가게는 좁았다. 신경 쓰이는 건 대표의 손가방이었다. 꼭 사채업자 수금 가방처럼 생긴 게 거슬려 투시를 걸었다.

'웁쓰!'

탁대는 하마터면 물을 뱉을 뻔했다. 그 안에는 5만 원권이 가득한 봉투가 세 개나 들어 있었다. 그 사이에 회가 나왔다. 무지

막지하게 푸짐했다.

작은 전복과 생소라부터 새우와 세꼬시, 거기다 참돔과 개불, 해삼 등등이 테이블을 가득 메웠다.

"팍팍 드세요. 오늘 여기 어항 다 비워도 됩니다. 그렇지 오 사장?"

대표는 횟집 주인을 아는지 큰 소리로 말했다.

"아따, 횟집 꼬라지 몰랑하다고 시피보지 말고 몰악시럽게 잡수랑께요. 모자라면 나가 쎄빠지게 준비해 줄랑께."

주인은 소주를 올려놓으며 기염을 토했다.

"저는 화장실에 좀……."

탁대는 술잔을 받아놓고 밖으로 나왔다. 마음이 편치 않았다. 아무리 봐도 내키는 자리가 아니었다.

다행히 술자리는 딱히 작업 들어오는 게 없었다.

"우린 그저 은 과장님하고 용 팀장님만 믿습니다."

대표는 그 말을 두어 번 했을 뿐이다. 물론 탁대도 이따금 끼워주었다.

"우리 담당자님도……."

"걱정 마십시오. 아, 지역 경제 살리자고 하는 일인데 누가 말릴 겁니까? 원래는 직접 편의를 봐드려야 했는데 워낙 말이 많다 보니……."

용 팀장의 세 치 혀는 잘도 돌아갔다. 술이 몇 잔 들어가니 기름칠까지 되어선지 더욱 그랬다.

"2차 가실까요? 싸고 쌈빡한 집 있는데……."

총무가 슬쩍 운을 떼지만 탁대는 반응하지 않았다. 살짝 솔깃한 모습을 보이던 용 팀장도 큼큼 헛기침을 할 뿐 그 제의를 물지 않았다. 시간이 가도 자리가 불편하기는 마찬가지였다. 탁대는 틈나는 대로 화장실을 핑계 대며 들락거렸다.

"어허, 국민영웅이 방광이 시원치 않으신가 물을 너무 자주 빼러 다니시네."

대표가 농담을 던질 때였다. 용 팀장의 가방 지퍼가 살짝 열린 게 보였다.

'설마?'

불길한 예감이 들어 투시 마법으로 용 팀장의 가방을 또 들여다보았다.

"……!"

탁대는 숨이 막혔다. 비즈니스에서 자주 일어나는 봉투 이동의 마법이 거기 발현되어 있었다. 확인차 대표의 가방을 꿰뚫어 보았다. 역시 봉투는 없었다.

'뇌물을 먹이는 자리였군.'

탁대는 물 잔을 단숨에 비웠다.

"목이 타면 술을 드셔야지……."

총무가 재빨리 소주병을 들이밀었다.

"죄송합니다. 아직 지난번 사건에서 몸이 다 회복되지 않아서……."

탁대는 당당(?)한 핑계를 대고 술을 더 받지 않았다. 그런 다음 마음을 추스르고 순간 독심을 작렬시켰다.

맨 먼저 용 팀장.

—이 자식 깐깐하기는…….

—그래봤자 너는 내 밑이야.

—이따가 봉투 하나 안겨주면 캄싸합니따를 연발하겠지.

다음으로 상인 대표.

—젊은 놈이 좀 떴다고 재는 거야 뭐야?

—아무튼 돈을 먹였으니 게임은 끝난 거야.

—구획 설정은 일의 추이를 봐서 천천히 요청해도 되고…….

탁대는 거기서 마법을 멈추었다. 그런 다음에 두 손으로 테이블을 내려쳤다.

쾅!

"왜, 왜 이래?"

놀란 용 팀장이 탁대를 바라보았다.

"죄송합니다. 제가 아직 그 사건에서 겪은 정신적 공황이 아직 안정되지 않아서……."

"아무리 그래도 그렇지. 민원들 계신 앞에서……."

"잠깐만요."

탁대는 다시 일어나 밖으로 나왔다. 이 자리에 기가 막히게 필요한 사람이 떠오른 것이다. 그는 고맙게도 탁대의 콜에 바로 응답했다.

"……?"

고동길 기자가 들어서자 제일 먼저 놀란 건 용 팀장이었다.

"고 기자가 어떻게?"

"아, 조탁대 씨 연락을 받았습니다. 여기서 지역 발전에 중대한 모임이 있다고 해서."

전후 설명과 함께 탁대의 부탁을 받은 고 기자는 냉큼 의자를 당겨 앉았다. 물론 상인 대표와 총무의 인상은 멍게처럼 붉으락푸르락 변했다. 다행인지 불행인지 그들은 서로 구면이 아니었다.

"사실 이런 일은 우리끼리 논의할 일이 아닌 거 같아서요. 기왕이면 지역 신문에 크게 나면 업무 추진이나 주민 공감에도 도움이 되지 않을까요?"

탁대의 목소리는 활기에 넘쳤지만 반면 용 팀장과 대표 등은 걸레 씹은 표정이 되어 입을 다물었다. 탁대는 그쯤에서 슬쩍 용 팀장의 옆구리를 찔렀다.

"팀장님, 여기 대표님에게 드려야 할 거 있지 않나요?"

"줄 거? 뭐?"

아킬레스건을 건드리자 용 팀장이 펄쩍 뛰었다.

"가방 보세요. 아마 있을 겁니다."

"내 가방?"

"봉투 말입니다."

용 팀장을 바라보는 탁대의 눈에서 레이저가 쏘아져 나왔다. 뜨끔한 용 팀장은 숨도 제대로 쉬지 못했다. 탁대는 시선을 거두지 않았다. 몰랐으면 모를까 같이 나온 자리에서 받아 든 뇌물성 봉투. 설령 탁대의 판단이 잘못되어 질책을 당하더라도 어물쩍 넘기고 싶지 않았다.

"그, 그건……"

"팀장님 요즘 들어 잘 잊어버리시잖아요? 빨리 돌려드리고 달려보시죠."

탁대는 소주병을 집어 들었다. 단단한 탁대의 표정을 읽은 용 팀장은 별수 없이 가방을 열었다.

'빙고!'

탁대는 속으로 쾌재를 불렀다. 탁대의 판단이 맞아떨어지는 순간이었다.

"받아요."

용 팀장이 봉투 세 개를 대표에게 내밀었다. 그때를 놓치지 않고 탁대의 독심이 발현되었다.

─이 자식이 언제 본 거지?

─아, 어린놈의 자식이… 기자만 안 왔으면…….

"한 잔 받으시죠."

사색이 된 대표에게도 탁대는 소주잔을 내밀었다.

"그, 그만할랍니다. 전작이 있다 보니…….."

술판을 재촉하던 대표가 손사래를 쳤다. 하긴 더 마실 생각이 있다면 그게 이상할 일이었다.

끼익!

버스가 왔다. 탁대가 버스에 앉기 무섭게 전화기가 울렸다. 용 팀장이었다.

─탁대 씨, 어딘가? 잠깐 얘기 좀 하세.

"죄송합니다. 저는 몸이 좀 안 좋아서⋯⋯."

―잠깐이면 돼. 힘들면 자네 집 앞으로 갈 수도 있고.

"무슨 말씀하시게요?"

―아까 그 봉투 말이네. 그게 사실⋯⋯.

"압니다. 그분들이 팀장님 몰래 가방에 넣었다는 거⋯⋯."

―⋯⋯?

"그래서 기자님을 불렀어요. 자칫하다간 팀장님이 뇌물에 엮일 거 같아서."

―정말인가?

"조심히 들어가세요. 내일 뵙겠습니다."

용 팀장이 뭐라고 떠들었지만 탁대는 그냥 전화를 끊었다. 더이상 말을 섞다가는 본심이 튀어나올지도 몰랐다.

이 버러지 같은 이중 인간아!

할 게 없어 뇌물을 받아 처먹냐?

탁대의 뇌리에서 분노가 치밀었다. 부정부패한 공무원들. 그들은 방송이나 신문 같은 데만 있는 줄 알았다. 그런데 하필이면 탁대의 직속상관이라니. 게다가 일은 다 저 혼자 하는 척하는 인간이라니.

'딱 한 번!'

탁대는 이글거리는 마음을 삼키며 남은 말을 이었다.

'봉투 받는 걸 내 눈으로 보지 못했으니 이번은 그냥 넘어가 준다.'

　　　　*　　　　*　　　　*

펑!

퍼엉!

공터의 구석에서 탁대는 화염탄을 쏘았다. 그늘진 곳에 쌓인 눈덩이를 향해서였다. 눈은 한데 엉겨 얼음이 되었다. 인적이 드문 야밤, 스트레스 해소와 화염 마법 연마에는 딱 이었다.

'후움!'

먼저 사이즈.

힘을 모으자 화염 덩어리가 커져 갔다. 차바퀴 크기가 되지 힘이 부쳤다. 탁대는 좀 더 애를 썼다. 큰 광주리만 하게 커지던 화염이 퍽 하고 터졌다.

'저기까지 가능하군.'

탁대는 날숨을 쉬며 호흡을 다듬었다.

다음은 속성.

어쩌다 보니 공갈 불덩이도 가능했다. 말하자면 진짜 불덩이가 아니라 위협용으로 쓸 무늬만 불덩이 말이다. 그건 힘도 덜 들었다. 그러니 익숙하게 익혀두면 도움이 될 것 같았다.

'그러자면 실험을 해야겠지?'

탁대는 침을 넘기고 공갈 불덩이를 피워 올렸다. 그 크기가 어린아이 키만 하게 부풀어 오르자 눈 딱 감고 주문을 외웠다.

'폭발!'

펑!

"······?"

내심 겁을 먹고 잔뜩 움츠렸지만 견딜 만했다. 뜨거운 느낌은 제대로지만 화상은 입지 않은 것이다.

'재미난데?'

마지막으로 정리한 건 공간 작렬이었다. 무슨 말인고 하니, 화염을 피워 날리는 게 아니라 아예 목적한 그곳에 발현되게 하고 싶었다. 이건 박복자 사건 때부터 필요성을 느끼던 일이었다.

'우웁!'

힘을 잔뜩 모아 원하는 지점을 쏘아보았다. 그런 다음 그곳에 화염 마법을 발현시켰다.

'우왓!'

성공이었다. 불덩이는 원하는 곳에 나타나 터졌다. 두어 번 더 확인해도 문제가 없었다.

'거참······.'

손바닥에 피워 올린 작은 화염을 보며 괜히 흡족한 탁대. 그때, 저만치에서 순찰차 사이렌 소리가 다가왔다.

"이봐요, 거기!"

차에서 내린 두 명의 경찰이 다가왔다.

"무슨 일이죠?"

"여기서 불장난한다는 신고가 들어왔습니다. 혹시 그쪽 분이?"

"아닌데요."

"죄송합니다만 신분증 좀 볼 수 있을까요?"

경찰이 거수경례를 붙였다. 거절할 수도 있었지만 꺼내주었다. 주민등록증이 아니라 공무원증을 말이다.

〈공무원증〉

그건 공권력 사이에서는 신분보증으로 통한다. 공무원증을 본 경찰은 두말없이 돌려주었다.

"죄송합니다. 워낙 신고가 많이 들어온 일이라서."

"괜찮습니다. 그럴 수도 있지요."

순찰차는 금세 돌아갔다. 공무원증… 탁대는 차갑게 사위어가는 달빛을 받으며 신분증의 사진을 바라보았다. 공권력끼리는 일종의 보증수표로 통하는 공무원증. 그런데 왜 일반 국민의 시선은 차가운 것인가?

'공무원이 썩고 있다.'

탁대의 심중은 그쪽으로 기울었다. 공무원은 많다. 더구나 점점 증가한다. 그건 행정학에서 배웠던 파킨슨 법칙으로도 증명되고 있다. 숫자가 많으니 이런 저런 사고도 끊이질 않는다.

문제는 법과 국민감정 사이의 괴리였다. 아직 햇병아리지만 탁대의 눈에도 모순은 많았다. 사회는 복잡해지고 국민들의 의식은 높아졌다. 따라서 요구사항 또한 하루가 다르게 변하고 있다. 하지만 공무원 조직은 그걸 쫓아가지 못한다.

법이나 규정은 필연적으로 상반되는 이해 당사자가 생긴다. 어떤 규정을 만들면 그로 인해 이익을 보는 사람이 있고 반대로 손해를 보는 사람이 있다. 물론 모든 법이 완벽할 수는 없지만

적어도 완벽에 가깝도록 노력을 해야 한다

그런데 법과 규정을 만드는 사람들은 어떤가? 작게는 용 팀장 같은 사람들이 취지를 뭉개고, 크게는 국개의원들이 명분을 내세워 자기들 마음에 드는 편을 들고 있다.

'갈 길이 머네.'

길게, 멀리, 깊게 생각하면 골치만 아프다. 탁대는 단순하게 생각했다.

'나부터라도 바른 길을!'

그건 탁대가 품은 개똥초심이기도 했다.

"해가 서쪽에서 떴나?"

서류철을 뒤지던 윤아가 말했다. 뜻밖에도 용 팀장이 탁대와 윤아 책상에 자판기 커피를 놓고 간 것이다. 대충 속셈을 아는 탁대는 빙긋 웃어넘겼다.

"큼큼!"

용 팀장은 오전 내내 똥 마려운 강아지처럼 탁대 곁을 떠돌았다. 괜히 다가와 화면을 보기도 했고 어깨를 툭툭 치며 애정을 표시하기도 했다. 탁대는 조금 안됐다는 생각이 들기도 했다.

그러다 탕비실에서 한잠 때리고 나오시더니 탁대에게 다가왔다.

"어우, 잠깐 졸았더니 살 것 같네. 우리 점심 같이 할까?"

잠깐 졸아? 탁대는 코웃음이 나왔다. 툭하면 들어가서 조는 인간이 바로 용 팀장이다. 아무튼 용 팀장의 미소는 전과 생판 다르게 부드러웠다.

"단속반 직원들 하고 구내식당에서 먹기로 했는데요."

"그 친구들이야 알아서 하겠지."

"나가기도 귀찮아서요."

탁대는 단칼에 제의를 잘랐다. 잠깐 마주하기도 찜찜한데 밀실 같은 데서 같이 밥을 먹으면? 우웩, 생각만 해도 토가 쏠렸다.

"저기, 어제 일 말이야……."

"어제 왜요?"

"그 봉투… 오해하고 있을 거 같아서. 그 친구들이 반강제로 넣어둔 거거든."

"그렇겠죠. 팀장님 인품이 있는데."

"그렇지?"

살짝 박자를 맞춰주자 용 팀장은 바로 반색을 했다.

"고 기자 말이야… 자네가 다른 말한 건 아니겠지?"

용 팀장은 결국 본색을 드러냈다. 신문 보도가 나올까 봐 안달이 난 것이다.

"그분은 우연히 합석하신 거라 뭐가 뭔지도 모릅니다. 제가 오해 없도록 말씀드렸으니 걱정 않으셔도 됩니다."

"어휴, 다행이군. 난 또 괜한 오해로 마구잡이 기사를 써 갈길까 봐 걱정했네."

"그럼 저는 나가보겠습니다."

탁대는 빈 컵 하나를 집어 들고 탕비실에서 나왔다.

'그저 생각하는 거 하곤…….'

고개가 절로 저어졌다. 새삼스러울 것도 없지만 용 팀장은 대체 무슨 일을 하는 건지 의심스러울 정도였다. 생색나는 일에는 앞장서지만 귀찮은 일은 전부 내치거나 부하들 몫이었다. 슬쩍 사라졌다 하면 낮잠까지 때리고 온다. 여기저기에 깔린 온갖 인맥으로 정보에는 능통하지만 업무 처리는 그저 자리만 차지하고 있다고 해도 과언이 아니었다.

강자에 약하고 약자에 강한 사람. 그런 인간의 전형이 바로 용석봉이었으니 그 진가를 확인하는 건 어렵지도 않았다.

오후였다. 허름한 50대 아저씨 하나가 사무실 문을 열고 들어섰다.

"여기가 교통과인가요?"

목소리부터 주눅이 확 들어 있다. 선량한 국민이라는 인증이다. 대개 법 나부랭이를 좀 알거나 혹은 빽이 있는 사람들은 일단 거들먹거리며 들어서기 때문이었다. 나 이런 사람이야. 알아서 기어 하면서 말이다.

"그런데요?"

문 쪽에서 월간 행사표를 보고 있던 용 팀장이 무뚝뚝하게 반응했다. 짬밥 내공 십수 년. 척 보면 자기가 기어야 하는지 아니면 밟아야 하는지까지 꿰뚫는 용 팀장이었다.

"주차단속 문제 때문에 왔는데……."

용 팀장이 나선 일이라 신경을 끄려던 탁대. 주차단속이라는 말에 고개를 들었다.

"단속이 왜요?"

"제가 단속에 걸렸는데 억울해서요."

아저씨나 과태료 용지를 꺼내 들었다.

"뭐 적법하게 처리된 거네요. 위반했으니까 납부하세요."

"그게… 제가 사정이 있어서……."

"직업이 뭡니까?"

민원인이 주저하자 용 팀장의 목에 힘이 들어가기 시작했다.

"과일 행상……."

"이봐요. 우리가 당신 같은 사람들 때문에 애를 먹는 거예요.
보나마나 아무 데나 차대고 장사했던 거 아닙니까?"

"그게 아니고… 어제는 제가 아파서……."

"아픈데 왜 장사를 나왔습니까? 지금 그게 말이 돼요?"

"그전에 교통사고가 났어요, 그래서 머리가 아파서 잠깐 병
원에 들어가느라고……."

"진짭니까?"

"예……."

"그럼 보험사에서 사고사실 확인원 떼어왔습니까?"

"그게… 큰 사고도 아니고 장사도 해야 해서 돈 몇 푼 받고 합
의로 끝낸 일이라……."

"이 양반이 지금 장난을 치나? 그런 말을 다 믿으란 말입니
까? 여기 바쁘니까 나가세요."

핏대 오른 용 팀장이 민원인을 닦아세웠다.

"잠깐만요."

사연을 듣고 있던 탁대가 개입을 했다. 아저씨의 표정이 거짓 말 같지는 않았기 때문이었다.

"뭐가 잠깐만이야? 보나마나 뻔한 억지인데."

"그래도 이의신청하러 오신 모양인데 자세히 들어는 봐야 하지 않을까요? 이쪽으로 오시죠."

탁대는 일단 민원인을 상담석으로 데려갔다. 그때까지 침묵하던 은 과장의 시선까지 등 쪽에 느껴졌다. 그렇거나 말거나 탁대는 꿋꿋하게 담당자로서의 직무를 수행했다.

"다시 천천히 상황을 말씀해 주시겠어요?"

탁대는 물을 한 잔 내주고 민원인의 사정부터 들었다. 공공기 관에 찾아오는 민원인은 보통 두 가지 목적을 가지고 있다.

하나는 내가 억울하고 너희 직원이 잘못했으니까 사과하라는 민원인. 이들은 일단 자기 말에 귀를 기울여 주기를 바란다.

두 번째는 목적 달성형. 이런 유형은 목소리도 크고 논리적이 며 자기 요구를 들어주길 바란다.

이번 민원인은 전자와 후자의 복합형이었다.

장사 가는 길에 접촉 사고, 큰 사고도 아니고 장사도 해야 해 서 둘이 합의, 그런데 얼마가 지난 후에 두통이 심해짐, 사고 후 유증일까 싶어 급히 차를 세우고 진료, 나오니 과태료 부과.

사건의 경위는 그랬다.

혹시라도 민원인이 억지를 부리나 싶어 투시 마법을 걸었다.

—아, 제발 내 말을 믿어줘야 할 텐데…….

―이달에 낼 돈도 많고 장사도 안 되는데 과태료까지 내게 되면…….

민원인은 간절했다. 그러니까 부당하게 부과된 과태료에 대해 호소하고 있는 것이다.

자, 이 민원은 구제받을 수 있을까?

원래는 그렇다.

부당한 단속으로 과태료가 부과되면 구제 방안이 마련되어 있다.

이런 경우라면 도로교통법 제142조의 부득이한 사유에 해당이 될 수 있다. 즉 3항의 응급환자의 수송 또는 치료를 위한 경우가 그것이다.

따라서.

1) 의견진술서―이건 지자체 홈페이지에 양식이 있다.

2) 사고사실 확인원―보험사에 연락하면 팩스로도 보내준다.

3) 진료확인서―치료받은 병원에서 뗄 수 있다.

이 세 가지 서류를 내면 거의 100% 구제를 받는다. 다만, 문제는 사고를 보험처리 하지 않았으니 진료를 받은 게 교통사고 때문인지 판단할 수 없다는 거였다. 그러니 담당자가 소극적이거나 융통성이 없으면 구제는 물 건너갈 일.

탁대가 취할 태도도 둘 중 하나였다. 사고현장을 확인하든지 묵살하든지.

"팀장님!"

생각을 정리한 탁대가 용 팀장을 바라보았다.

"왜?"

"이런 경우에 CCTV 사고 화면을 첨부하면 사고사실 확인서로 갈음이 되나요?"

"자네 지금 CCTV를 찾아보겠다는 거야?"

용 팀장의 눈은 금세 휘둥그레졌다.

"예!"

"그게 말이 돼? 이 양반이 거짓말을 하고 있는지도 모르고 매사 그런 식으로 일하면 몸이 열 개라도……."

"규정만 알려주십시오."

"그, 그건……."

오호 통재라. 땀을 삐질거리며 우물쭈물하는 걸 보니 제대로 알지 못하는 눈치였다.

"가능하네."

지침을 준 건 황 팀장이었다.

그길로 탁대는 민원인이 주장하는 사고 현장으로 갔다. 다행이 그 방향을 바라보는 CCTV가 있었다. 어렵사리 화면을 확인한 탁대는 그걸 사진으로 찍어 민원인에게 건네주었다.

"아휴, 이렇게까지 하면 내가 미안해서……."

"아닙니다. 원래 공무원이 할 일인 걸요, 뭐."

다음으로 민원인이 할 일을 알려주었다. 그건 진료받은 병원에 다녀오는 것.

탁대가 사무실로 복귀하자 용 팀장이 시베리아의 바람을 휭휭거리며 다가왔다.

"사고 장면 있던가?"

"예."

"자네, 내가 생각해서 하는 말인데……."

"……."

"정의감? 그런 거 다 좋아. 하지만 그렇게 일하다가는 자네가 다쳐. 명심하게나!"

"왜 제가 다치죠?"

"지나보면 알아. 사람이 노하우를 알려주면 좀 들을 줄도 알아야지."

반협박인 그 말은 공무원 사회에서는 반진리였다. 공무원은 오직 법과 규정에 따라야 한다. 그래서 자유재량이 있어도 별로 사용하지 않는다. 자칫하면 감사의 대상이 되고, 돌아오는 건 징계이기 때문이다. 그러니 공직 사회의 처세는 '하던 대로'가 영원한 대세다.

다른 직원들의 반응도 썰렁했다. 은 과장도 그렇고 소 팀장도 그랬다. 박 주임과 송 주임은 아예 눈길도 주지 않았다. 그나마 찡긋 윙크로 지지한 건 황 팀장이었다.

열심히, 적극적으로 일하면 욕먹는 공무원 조직. 슬쩍 맥이 풀리려는 순간 민원인 아저씨가 들어왔다.

"서류 여기 있어요."

아저씨는 꼬질꼬질 손때가 묻은 봉투를 내밀었다. 보아하니 이런 서류는 난생 처음이었을 수도 있는 과일행상 아저씨. 그런 입장에서 바라보면 행정의 문턱은 높고도 높기만 했다.

"그리고 이거……."

접수를 마친 아저씨가 신문에 둘둘 싼 것을 내밀었다. 안에는 검은 반점이 생긴 바나나가 들어 있었다.

"남은 게 그것밖에 없네요. 보기는 그래도 맛은 좋으니까. 나 때문에 수고하셨는데 간식으로라도……."

"아, 아닙니다. 이런 거 필요 없어요."

"바나나 꼴이 시원찮아서 그렇죠?"

"그게 아니고 그 일은 원래 제가 할 일이라니까요."

"내 마음이니까 받아주세요."

아저씨는 봉지를 거두지 않았다. 시퍼렇게 돋은 핏줄 사이로 꼬질꼬질 가난의 때가 낀 손이 탁대의 눈을 파고들었다. 손톱 사이는 검은 과즙이 물들어 까만 도화지처럼 보였다. 눈가의 깊은 주름에 녹아 있는 시름과 가난의 찌듦. 그런 모든 게 탁대를 먹먹하게 만들어 버렸다.

"……."

탁대는 말없이 바나나를 받아 들었다. 이건 직무관련으로 감사를 받는다 해도 어쩔 수가 없는 일이었다.

"고맙습니다, 고맙습니다."

아저씨는 거푸 허리를 숙이고는 문 앞에서 또 한 번 허리를 숙였다. 그때까지도 탁대는 봉지를 든 채 멍하니 움직이지 못했다.

"조탁대 씨!"

탁대가 정신이 돌아온 건 윤아 덕분이었다. 두 시간 직무 교육을 마치고 돌아온 그녀가 등짝을 툭 친 것이다.

"드시고 하세요."

탁대는 바나나를 돌렸다. 은 과장은 고개를 저었다. 탁대가 봐도 바나나는 살짝 묵은 상태였다. 당연히 용 팀장도 패스, 가끔 우아한 척하는 소 팀장도 패스. 황 팀장은 마침 자리를 비워 버렸고 윤아가 하나를 받기는 했지만 바나나는 고스란히 탁대 차지가 되었다.

탁대는 그 바나나를 남김없이 먹어치웠다. 아저씨 말처럼 보기보다 맛이 좋았다. 겉보기와는 아주 다른 바나나 맛. 그건 아저씨의 마음이 담겼기 때문일까? 아니면 탁대가 최선을 다했기 때문일까? 껍질을 쓰레기통에 처리한 탁대는 가슴 깊은 포만감에 힘찬 트림까지 했다.

"끄윽~!"

개운함 때문일까? 퇴근 직전 탁대에게 반가운 소식이 날아들었다.

"조탁대입니다."

윤아가 넘겨준 전화를 받았을 때, 인사팀장의 목소리가 가뜬하게 전해왔다.

"축하해. 당신 소원대로 8급 특채로 결정되었어. 형식상 면접만 치루면 바로 임용되게 될 거야."

마이 갓!

놀란 탁대는 수화기를 떨구고 말았다.

2장

분노의 응징

짝짝짝!

특채의 형식을 갖추기 위해 실시된 면접장.

면접관으로 나온 사람은 총무과장과 주택과장, 그리고 공정(?)을 기하기 위해 인근 현무시에서 합류한 여자 사무관이었다. 그들은 탁대가 입장하자 박수로 맞이했다.

"축하하네."

총무과장이 먼저 인사를 건네 왔다.

"맞아. 뭐, 인사 원칙상 면접이라는 절차가 필요해서 모였을 뿐이니까 편하게 임하게."

주택과장도 털털하게 웃었다.

"국민영웅에다 7급 특채를 준대도 사양한 조탁대 씨. 이거 우리가 면접 심사할 자격이나 있나 모르겠어요."

여자 사무관 역시 호의적인 태도였다.

사실 탁대는 이미 언질을 받았었다. 이 면접이 형식상 치러진다는 사실. 하지만 그래도 살짝 긴장이 되었다. 면접이라는 거, 피면접자에겐 결코 가뜬한 일일 수 없으니까.

"질문 있나?"

총무과장이 물었다.

"질문은 제가 받아야 하는 거 아닙니까?"

"오, 면접 공부까지 한 건가?"

"그건 아닙니다만······."

탁대는 계면쩍은 마음에 목덜미를 긁었다.

"위로는 대통령, 아래로는 시장님과 의장님까지 미는 사안인데 우리가 물어볼 게 뭐 있겠나?"

"나는 하나 있습니다."

잠자코 있던 주택과장이 손을 들고 나섰다.

"무슨······."

"자네 말이야 진짜 초능력이 있나?"

주목하던 탁대의 입에서 짧은 탄식이 흘러나왔다. 상당수의 사람들이 빠짐없이 물어대던 그 메뉴였다.

"없습니다."

이번에도 탁대의 대답은 같았다.

"그럼 종교는?"

"없습니다."

"허헛, 그럼 역시 그 일은 기적이었군."

"그런 것 같습니다."

"그건 그렇고……."

이번에는 총무과장이 운을 떼며 나섰다.

"일하고 싶은 부서가 있나? 시장님 말씀이 최대한 자네 의견을 반영해 주라시더군."

"그럼… 제가 부서를 옮기는 겁니까?"

"자네가 원한다면!"

"한 번 발령 받으면 최소한 1년 이동 금지 아닌가요?"

탁대는 규정집에서 읽은 인사원칙을 상기하며 물었다. 그건 공무원 공통이다. 한 업무에 발령이 나면 무조건 1년은 빼도 박도 못하는 것이다.

"맞네."

"그런데 어떻게?"

"아직 실감이 안 나는 모양이네만 자넨 신규 특별채용 케이스네. 즉, 3일 후에 8급 발령이 나면 9급 담당 업무하고는 아무 상관이 없는 거네."

"아!"

"이제 이해가 되는 모양이군."

"저는 그 자리에서 일하고 직급만 8급으로 올려주는 줄 알았습니다."

"뭐 그러길 원한다면 교통과에 있어도 상관은 없네만……."

"그럼 교통과에 있겠습니다. 업무도 이제 겨우 적응이 되었고 배울 점도 많은 거 같아서요."

"그 일은 내가 실무자와 상의해서 결정하겠네. 오케이?"

"예!"

"수고했네. 나가보게나. 임용장은 3일 후에 받게 될 걸세."

"감사합니다!"

탁대는 꾸벅 인사를 하고 복도로 나왔다.

짝짝짝!

박수는 복도에서도 이어졌다. 소문을 들은 수애와 재광, 은돌까지 달려온 것이다.

"어, 왕 형님?"

"면접 통과?"

"네, 아마……."

"으아, 우리의 국민영웅, 진짜 만세다!"

은돌은 다짜고짜 탁대를 껴안았다.

"축하해요!"

"형, 나도 킹왕짱 축하!"

수애와 재광은 각자 준비한 장미 한 송이를 건네주었다.

"웬 꽃까지……."

"그건 예고편이고요 8급 임용장 받으면 좋은 걸로 보내줄게요. 대신 전에도 말했지만 승진했다고 우리 깔보면 안 돼요."

수애가 밝은 표정으로 말했다.

"하핫, 그건 내가 할 말이야. 운 좋아서 승진했는데 왕따시키면 가만 안 둘 거야."

"어이구, 그런 소리 말고 승진 노하우나 전수시켜 줘. 이 늙은 신규는 잘못하면 9급으로 제대할 판이야."

은돌이 탁대의 옆구리를 찔러왔다. 그러고 보니 괜한 말이 아니었다. 나이가 나이인지라 그럴 가능성도 없지 않은 은돌. 그걸 생각하니 탁대는 살짝 미안한 마음마저 들었다.

딩도로롱딩롱.

그때 은돌의 전화기가 울었다.

"네, 팀장님. 아, 예. 담당자 만났고요, 지금 바로 갑니다."

은돌은 서두르는 기색이 역력했다. 아마 괜한 핑계를 대고 달려온 게 틀림없었다.

"다들 고맙습니다. 짜포의 명예를 걸고 열심히 할게요."

탁대는 소중한 시간을 내준 세 사람에게 마음을 모아 감사를 전했다.

개똥초심.

그건 여전히 탁대에게 유효했다. 비록 지금 당장 4급 서기관이 된다 해도!

8급 지방행정서기 조탁대.

느낌이 달랐다. 9급은 어쩐지 초보 냄새가 나는데 8급은 그렇지 않았다. 7급만큼은 아니지만 살짝 무게감이 다가왔다.

'이래서 다들 승진, 승진하는 건가?'

탁대는 슬쩍 벌어지는 입을 다물었다. 비록 그만한 일을 했다지만 탁대의 특진을 못마땅하게 생각하는 분위기도 있었다. 그러니 괜히 미운 털을 자초할 필요는 없었다.

그래도 마더에게는 문자를 넣어주었다. 요 며칠 특진에 대해 관심이 많았던 마더였다.

─저 특진 결정됐대요.

마더에게 보내고 나니 동환이 마음에 걸렸다. 지금까지 탁대는 많은 보고를 마더를 통해서 동환에게 전했다.

'아버지의 기분이 좋았을까?'

생각하니 아니올씨다였다. 탁대는 문자를 복사해 동환에게도 날렸다. 아니나 다를까? 답글이 동환에게서 먼저 날아왔다.

─우리 아들 자랑스럽다. 파이팅.

문자에서 동환의 애정이 진하게 느껴졌다. 따로 보내길 잘한 것 같았다.

오후가 되면서 사무실은 텅 비었다. 은 과장은 용 팀장을 따라 나갔다. 용 팀장은 오늘따라 더욱 분주했다. 하는 일 없이 분주한 사람. 그것도 놀라운 재주였다.

황 팀장님은 신고 건을 확인하러 나갔고 박 주임은 4시간 교육을 나갔다. 사무실에 남은 건 채동치와 송 주임, 그리고 탁대뿐이었다.

아, 한 사람 더 있긴 했다. 바로 뺀질이 공익 이완용. 슬쩍 보니 고개를 박고 손가락을 놀려대고 있다. 보나마나 스마트폰으로 시간을 죽이고 있는 모양이다. 엊그제는 야동을 보다가 탁대에게 딱 걸렸다. 그것도 과태료 통지서 발송을 맡긴 지 30분이나 지난 후였다.

'대체 공익은 왜 뽑는 걸까?

이완용을 보면 늘 그런 의문이 들었다. 담당자도 골머리다. 불쌍한 인생들을 매번 고발하기도 그렇다. 그렇다고 잔소리도 한두 번이다. 물론 가끔 쓸 만한 공익이 있기는 했다. 다만 그 쓸 만한 인재들은 다른 과에 포진하고 있는 게 문제였다.

눈이 내리기 시작하더니 용 팀장이 들어왔다. 이어 혜자와 명하도 들어왔다.

"혜자 씨는 나 좀 볼까?"

혜자가 단속업무를 정리하기도 전에 용 팀장이 불렀다. 두 사람은 탕비실로 들어갔다. 탁대는 명하를 바라보았다. 명하는 어깨를 으쓱할 뿐이다. 대체 무슨 용건이기에 탕비실이람? 그렇잖아도 가뜩이나 성추행이니 뭐니 말들이 많은 판에 밀폐된 장소로 가는 건 고와보이지 않았다.

30분이 지나도 두 사람은 나오지 않았다.

"아, 네… 그 문제는 건축과 담당일 거 같은데요, 제가 전화 돌려드릴 테니까 혹시 끊어지면 4488번으로 다시 하세요."

탁대는 잘못 걸려온 전화를 관련부서로 돌려주었다. 이제 이런 정도는 식은 죽 먹기였다.

'응?

얼마가 지났을까? 용 팀장에 이어 혜자가 나왔다.

"오늘은 생떼 쓰는 위반차량 없었어?"

"……."

혜자는 대꾸를 안 했다. 명하가 잠깐 자리를 비워 혼자 앉아 정리하는 단속일지. 그걸 넘기는 혜자의 손목이 괜히 힘들어 보였다. 잠시 후에 명하가 돌아와도 마찬가지였다. 명랑하던 혜자의 얼굴에서 웃음이 사라진 것이다.

"무슨 일 있었어?"

혜자가 총무과로 간 사이에 명하에게 물었다. 명하는 대답대신 용 팀장의 눈치를 봤다.

'뭔가 있군.'

눈치를 깐 탁대는 용 팀장의 전법을 썼다. 탕비실에서 명하를 부른 것이다.

"명하 씨, 여기 청소 좀 같이 하자."

명하가 들어오자 구석으로 끌었다.

"왜 그래?"

"……."

"내가 알면 안 되는 일이야?"

"……."

"명하 씨!"

"오빠는 말해도 모를 거예요. 또 어떻게 할 수도 없을 테고……."

"무슨 말이야?"

"그게……."

"답답하네. 속 시원히 말 좀 해봐. 뭔지 알아야 돕든지 말든지 할 거 아냐?"

"그럼 혼자만 알고 있어요."

명하는 어렵게 마음을 정했다.

"……?"

명하의 말을 들은 탁대는 온몸에 소름이 돋았다. 하마터면 욕이 나올 걸 참은 것이다.

"그게 정말이야?"

"네."

"으아, 진짜 나쁜 사람이네? 같은 직원끼리……."

"우린… 같은 직원 아니에요. 계약직이잖아요."

명하의 목소리가 기어들어 갔다. 자괴심, 한 사무실을 쓰고 있어도 비정규직이라는 한계가 그녀를 짓누르고 있었던 것이다.

"아무리 그래도 그렇지. 일 잘하는데 무슨 헛소리야. 내가 가서 따져 줄게."

"오빠!"

돌아서는 탁대의 손을 명하가 잡았다. 안 돼요. 그녀의 눈은 그렇게 말하고 있었다.

'야비한 인간 같으니.'

명하가 전하는 진실은 이랬다. 곧 혜자의 재계약 기간이 다가온다. 그걸 빌미로 용 팀장은 혜자에게 대가를 요구하고 있었다. 재계약이 되도록 해줄 테니 거마비를 내라는 것이었다. 알고 보니 혜자는 들어올 때도 거마비를 냈다고 한다. 명목은 결재라인에 대한 식사비였다.

직장이 아쉬운 혜자는 그걸 감수했다. 하지만 그건 끝이 아니라 진행형이었다. 그나마 술자리라든가 다른 추파를 던지지 않은 게 다행이었다.

혜자는 당하는 수밖에 없었다. 이걸 까발리면 재계약은 물 건너간다. 직장의 분위기라는 게 그런 것이다. 그러니 도 아니면 모, 까발리지 않을 거면 요구에 따르는 수밖에 없었다.

'이제 보니 이 양반이 완전 말종이구만.'

씩씩거리는 사이에 등 뒤에 기척이 느껴졌다. 혜자였다. 탁대와 명하의 이야기를 들은 건지 혜자는 바로 고개를 떨어뜨렸다.

"미, 미안해. 오빠가 다 알고 물어서……."

입장이 난처했던지 명하는 얼른 나가 버렸다.

"……."

탁대와 혜자, 둘만 남은 탕비실. 좁은 그 안에는 어색한 침묵이 지질리게 내려앉았다.

"미안. 명하 말대로 내가 물었어."

"괜찮아요."

"도와줄게."

"아뇨. 저 그만둘 생각이에요. 애당초 내 욕심이 컸죠. 뭐, 공무원이라기에 덥석……."

"그게 왜 혜자 씨 잘못이야? 일도 잘하고 있는데."

"다른 분들 보기에는 안 그런가 봐요. 그렇잖아도 이런 말 나올까 봐 온갖 어려움을 다 참고 일했는데."

그녀의 눈에 물기가 찰랑거리기 시작했다.

"자학하지 마. 혜자 씨는 최소한 나보다 훌륭한 공무원이야.

주정차단속이 아무나 하는 거야?"

"탁대 오빠가 어때서요?"

"보면 몰라? 운이 좋아서 국민영웅이지 솔직히 좌충우돌이잖아?"

"국민영웅 아무나 해요? 그때 오빠가 얼마나 멋졌는데."

"응?"

"오빠는 대한민국 최고예요. 내가 주제만 이렇지 않으면 좋아한다고 말했을 텐데."

돌발!

이야기가 이상한 곳으로 흐르고 있었다.

"혜자 씨, 지금 뭐라고 그랬어?"

"몰라요."

"설마 나 같은 인간을?"

"그래요. 나 탁대 오빠 좋아해요. 맨날 말도 못 하고 버벅거리기만 했지만."

"혜자 씨……."

"그러니까 오빠라고 불렀죠. 바보같이 알지도 못 하면서……."

혜자는 그 말을 남기고 탕비실을 나갔다.

휘잉~!

바람이 불었다. 멍한 탁대의 대뇌를 강력하게 한 방 먹이고 가는 느닷없는 바람. 용 팀장을 성토하다 맞은 그 바람은 쓰나미와 맞먹을 위력이었다.

'혜자 씨가 나를?

멍 때리며 벽에 기댄 조탁대. 눈앞에 백설이 내린 듯 하얗게 변한 세상을 바라보며 같은 말만 중얼거렸다.

조탁대와 반혜자!

두 사람이 한 테이블에 앉았다. 탁대가 가져온 커피는 달콤한 향을 뿜어냈다. 하지만 두 사람의 표정은 달콤하지 않았다.

"마셔!"

탁대가 아메리카노를 밀었다. 혜자는 말없이 잔을 만지작거렸다.

퇴근 후, 탁대는 먼저 나가는 혜자에게 문자를 넣었다. 해결할 일이 있었다.

"다른 거 사올까?"

"아뇨. 이거면 돼요."

혜자가 겨우 고개를 들었다. 얼마나 고민하고 있는지 얼굴에 빤히 보였다.

"나 있잖아……."

혜자가 커피를 한 모금 넘길 때 탁대가 말문을 열었다.

"초능력 한 번 쓰려고 하는데."

"……?"

혜자는 무슨 말인가 몰라 눈만 깜박거렸다.

"혹시 모르잖아? 저번 화물차처럼 초능력이 통할지."

"누구한테 쓰려고요?"

"용 팀장 말이야."

"나 때문이라면……."

"돈 줄 거야?"

"고민 중이에요."

"줄 필요 없어."

"탁대 오빠."

"말했잖아? 초능력 한 번 쓰겠다고."

"오빠는 초능력자가 아니잖아요. 그런 걸로 해결될 일도 아니지만 바라지도 않아요. 그때 내가 얼마나 놀랐는데요."

"그때도 나 좋아했어?"

"……."

혜자는 볼을 붉히며 고개를 숙였다. 얼굴에서 웃음기가 사라졌다. 여자는 좋아하는 사람 앞에서 잘 웃지 못한다. 남자와는 생판 다른 것이다.

"그때에 비하면 용 팀장은 아무것도 아니야. 걱정할 거 없어."

"오빠, 말은 고맙지만 내 걱정은 마세요. 어차피 들어올 때도 돈 줬는데요, 뭐."

"그것도 받아 줄게."

"오빠!"

"다만 궁금한 게 있어."

"뭔데요?"

"단속 계약직 말이야, 나는 계약직이라도 정년이 보장되는 건가 싶었어. 그런데 지금 보니 언제든 짤릴 수도 있는 거네?"

"……."

"공부해 볼 생각은 없어?"

"행정직이요?"

놀란 혜자가 눈빛을 튕겨냈다.

"겁나?"

"말도 안 돼요. 난 실력도 없고 학교 다닐 때도……."

"나도 공부 못해서 지잡대 나왔고 학교 때도 근로 장학금밖에 받은 거 없어. 늘 장학금 면제 신세였거든."

"그럼 사람이 100 대 1 경쟁을 뚫고 왔어요?"

"그러니까 내 말은 혜자도 파고들면 할 수 있다는 거야."

"오빠……."

"당장 어쩌라는 거 아니야. 하지만 단속직 조건이 어차피 이렇다면 미래를 생각해야지."

"……."

"용 팀장에게 돈 얼마 먹였어?"

"오빠……."

"진짜 나를 좋아하면 말해."

"오빠는 아직 대답도 안 했잖아요."

"뭐?"

"내가 말한 거에 대해……."

혜자는 또 얼굴을 붉히며 탁대의 반응을 살폈다.

"난 혜자가 선배라서 이성으로는 생각하지 않았어."

"그렇… 군요."

"하지만 나를 믿어주면 좋아해 보고 싶어."

"오빠!"

잔뜩 찌푸려지던 혜자의 얼굴이 급밝아졌다.

"그러니까 말해줘. 혜자의 입장이 곤란해지지 않는 선에서 해결해 볼게."

"그러다 오빠까지 다치면요?"

"난 안 다쳐. 내 뒤에 표강일 씨가 있는 거 알잖아?"

그 구라는 확실히 혜자에게 먹혔다. 딱히 탁대의 후견인인 건 아니지만 그 비슷하게 소문이 난 표강일. 그런 까닭에 혜자는 탁대의 말을 의심하지 않았다.

"기왕 낸 건 상관없어요. 단지 앞으로만……."

"앞으로는 공부를 했으면 해. 정식으로 공무원이 되는 거야."

"오빠……."

"나 같은 인간도 해냈어. 혜자도 할 수 있어. 내가 도와줄게."

"진짜예요?"

"완전 진심."

탁대는 또렷한 시선으로 대답했다. 다른 것도 아니고 한 사람의 미래를 놓고 허언할 이유는 없었다.

"200만 원요."

"명하 씨도?"

"명하는 아니래요."

"왜?"

"명하 먼 친척이 저번 시장님 파예요. 그 사람 인맥으로 들어온 거라……."

"알았어. 말해줘서 고마워."

"너무 무리하지는 마세요. 오빠가 잘못되면 싫어요."

"그건 걱정 말고 잠깐만 기다려."

탁대는 혜자를 두고 일어섰다.

잠시 후에 탁대가 돌아왔을 때 그 손에는 흑장미 한 다발이 들려 있었다.

"받아!"

"오빠……."

"나 같은 인간에게 고백을 해줘서 고마워."

"오빠……."

"안 받아?"

"받, 받아요. 받는다고요."

황급히 꽃을 받아든 혜자가 탁대에게 기대왔다. 탁대는 그녀의 어깨를 가볍게 감싸 안았다.

어둠이 진하게 내린 거리.

두 사람은 가로등불을 밟으며 걸었다. 밤바람이 매서웠지만 탁대와 혜자는 춥지 않았다.

지방행정서기 특진예정자 조탁대.

새 직급처럼 신선한 사랑이 시작되는 밤이었다.

'낮잠 때리러 들어갈 때가 됐는데?'

이튿날, 탁대는 용 팀장의 일거수일투족을 감시했다. 하루에 한 번 정도는 땡땡이 낮잠을 청하는 용 팀장. 가는 날이 장날이라고 기다리니 꼼짝도 하지 않는다.

그래도 기회는 왔다.

점심시간, 마침내 그가 탕비실로 들어간 것이다.

"잠깐 눈 좀 붙일게. 사람 못 들어오게 해."

용 팀장은 문 앞에 서서 채동치에게 지시를 내렸다.

"쳇, 내가 무슨 불침번이야 뭐야?"

동치는 툴툴거리며 사무실을 나갔다. 사무실에 남은 건 소 팀장 한 사람. 그녀는 새로 산 옷이 마음에 드는지 거울을 보느라 여념이 없었다.

'찬스!'

탁대가 슬쩍 자리를 털고 일어섰다. 그런 다음, 소 팀장이 화장을 고치는 사이에 탕비실 안을 투시했다. 용 팀장은 구석의 꼬마 소파에서 잠에 빠져 있었다.

'딱 걸렸어.'

탁대는 탕비실 안으로 들어갔다. 용 팀장은 코까지 골고 있다. 쩍벌남 자세까지 하고 있어 눈살이 찌푸려졌다.

'솔직히 닿고 싶지도 않다만……'

탁대는 살며시 다가가 용 팀장의 손을 짚었다.

'타자환몽!'

주문과 함께 탁대는 용 팀장의 꿈속으로 들어갔다.

"하하핫!"

저만치 멋대로 자리 잡은 풍경 속에서 웃음이 들려왔다. 용 팀장과 업자들이었다. 꿈속에서도 향응이다. 용 팀장은 제왕처럼 군림하며 잔을 받아 마셨다. 그 뒤로 백 국장과 하 국장도 보였다.

업자들이 잔을 부으며 술이 5만 원권 다발로 변했다. 용 팀장은 그걸 국장들에게 건네며 굽신거렸다. 국장들은 용 팀장의 머리를 쓰다듬는다. 용 팀장의 얼굴이 행복하게 변한다.

'벗은 여자만 세워두면 주지육림이로구나.'

탁대는 전략을 구상했다. 우선 용 팀장의 본성을 알 필요가 있었다. 직장에서 드러나는 꼴은 강자에 약하고 약자에 강한 인간. 하지만 나이든 기성세대들은 그들만의 샤머니즘적 신앙이 있을 수 있다.

예를 들어 마더가 그렇다.

'꿈에 죽은 할머니가 나타나는 날은 근심이 생겨.'

이런 개인적인 특성은 상당수에게서 보여 지는 해몽이었다.

'일단 패밀리들부터 알아볼까?'

탁대는 용 팀장의 기억 속에 아로새겨진 가족들을 불러냈다. 죽은 부모와 그들의 부모, 용 팀장의 조상들은 쉬지도 않고 꾸역꾸역 몰려나왔다.

'거기까지!'

탁대는 할아버지까지만 허용했다. 그 윗대라면 용 팀장도 알지 못할 테니 시간 낭비에 불과했다.

'다음으로 당신의 어린 시절들……'

나름 뼈대 있는 집안에서 자랐다고 뻐기는 용 팀장. 하지만 탁대 앞에 나타난 어린 용 팀장은 초라하고 가난한 소년이었다. 중학생 때도 그렇고 고등학생 때도 그렇다.

어린 용 팀장은 돈을 갈구했다. 가난에 찌든 소년에게 믿을 것은 돈뿐이었던 것이다.

'그럼 슬슬 시작해 볼까?'

탁대는 업자를 조종해 용 팀장에게 술을 뿌렸다.

"이자가?"

발끈한 용 팀장이 업자의 뺨을 후려쳤다. 그 순간 업자는 용 팀장의 선친으로 변했다.

"아버님!"

"이놈이 이제 애비 뺨까지 쳐?"

"그, 그게 아니라……."

탁대는 옆에 있는 업자를 할머니로 변화시켰다.

"어디 나도 좀 때려봐라."

"할머니……."

"이놈아, 평생 돈이나 밝히고 살더니 이젠 애미, 애비도 몰라보는 게냐?"

어느새 용 팀장의 선친 몸으로 들어온 탁대가 다그치기 시작했다.

"죄송합니다."

"그래. 오늘은 힘없는 여직원을 후렸으니 내일은 또 누구냐? 내가 너를 그렇게 가르쳤더냐?"

"아버님……."

"이놈아, 왜 그렇게 천박하게 변한 거냐? 내 비록 가난했어도 남에게 해코지는 하지 말라고 하지 않았더냐?"

"잘못했습니다."

용 팀장이 싹싹 빌기 시작했다. 전략은 성공. 용 팀장, 그 주제에 부모에 대한 효성은 남아 있었던 모양이었다.

"내 저 하늘에서 네 만행을 지켜보다 참지 못해 내려왔으니 내 말을 명심하거라."

"아버님……."

"반혜자 눈에 피눈물을 내면 네 가족에게 화가 미칠 것이다. 그러니 그녀의 마음을 상하게 하지 마라. 명심 또 명심하거라."

"……."

"받은 돈은 돌려주고 지금 부리는 수작도 끝내 거라. 아니면 네 일신상에 커다란 불행이 닥쳐올 것이야. 불행!"

"불행이라고요?"

"네놈이 자수성가하여 남의 말을 잘 듣지 않는다만, 그래도 내 피붙이라 거듭 말하는 것이니 명심하고 행하거라."

"아버님."

"꿈에서 깨어나자마자 행하지 않으면 두 개의 불덩이가 너를 덮칠 것이다. 그래도 의심하면 네 엉덩이가 똥통에 붙어 패가망신을 하게 되리라."

"……?"

용 팀장의 얼굴이 사색이 되었다. 탁대는 그 얼굴에 두 개의 화염 링을 띄워 올렸다. 그런 다음에 허공에서 펑 하고 폭발시켰다. 이어 용 팀장의 아버지와 할아버지의 형체를 마구 뒤틀어 고통받는 영혼으로 만들었다. 둘은 음산한 신음을 남기고 긴 파노라마를 이루다 용 팀장의 입속으로 쭉 빨려 들어갔다.

"아버님!"

용 팀장이 놀라 소리를 지르자 뒤틀린 영혼들이 토해졌다. 멋대로 녹아버린 덩어리는 여러 개의 손이 되어 용 팀장의 다리를 잡았다.

'으헉!'

손은 용 팀장의 몸통을 타고 오르다 목에서 멈췄다.

"꿈에서 깨자마자, 명심하거라!"

숭고함이 서린 목소리가 용 팀장의 귀를 파고드는 순간, 질척한 손들은 일제히 떨어져 나가 용 팀장 앞에 모이기 시작했다. 마침내 하나의 형체를 이루었을 때 그 형체는 탁대가 되었다.

"조탁대?"

탁대는 아우라를 뿜으며 용 팀장에게 다가왔다. 탁대가 손을 내밀자 무수한 5만 원권 지폐가 튀어나왔다. 지폐들은 악귀가 되어 용 팀장을 물어뜯기 시작했다.

"으아악!"

비명과 함께 용 팀장은 꿈에서 깼다.

'악몽?'

탕비실 안에는 아무도 없었다. 용 팀장은 입술을 쓰다듬고는 홍건히 흘러내린 땀을 닦아 내렸다. 순간, 용 팀장의 눈앞에 커다란 화염 링 두 개가 너울거리며 나타났다.

'헉!'

어쩔 사이도 없이 화염 링 두 개가 눈앞에서 펑하고 터졌다.

"으악!"

후끈한 화기에 놀란 용 팀장이 얼굴을 가리며 비명을 질렀다.

"팀장님!"

문밖에 나와 화염을 작렬시킨 탁대는 시치미를 뚝 떼고 들어섰다. 효과는 좋았다. 큰 화상 없이 제대로 위협이 된 것이다.

"불, 불?"

용 팀장은 몸서리를 치며 비굴하도록 움츠렸다.

"꿈 꾸셨어요?"

"꿈이라니? 여기 불덩이가……."

용 팀장은 허공을 두리번거렸다. 하지만 불덩이는 간 곳이 없었다. 그렇지만 꿈은 아니었다. 옷이 그을었고 화기가 등천하고 있는 것이다.

"어우, 담배라도 피우셨나? 냄새."

탁대는 작은 창을 열고 줄에 걸린 타월을 걷어 허공을 휘저으며 변죽을 울렸다.

"저리 가, 저리 가라고."

아직 꿈속의 공포가 가시지 않은 용 팀장은 손을 저어 탁대를 밀어냈다.

"부모님이 귀신이 되어 나오는 악몽이라도 꾸셨어요?"

"자, 자네가 그걸 어떻게 알아?"

슬쩍 떠보는 탁대의 말에 정색을 하는 용 팀장, 그 얼굴에는 공포와 당혹감이 동시에 서려 있었다.

"밖에서 들으니 잠꼬대를 하는 거 같기에……."

"됐어. 나가, 나가라고!"

"그러죠. 아무튼 과장님도 오셨으니까 눈곱이나 떼고 나오세요."

탁대는 슬쩍 엄장을 질러주고는 탕비실을 나왔다.

'부모님이 귀신으로 나오는 악몽?'

겨우 마음을 추스른 용 팀장. 그래도 왠지 찜찜했다. 꼭 조탁대가 자기 꿈을 들여다본 것만 같았기 때문이다. 게다가 얼마나 생생했던가? 꿈속에 조탁대도 있었던 것이다.

'저놈이 왜 재수 없게 내 꿈에…….'

목이 마른 용 팀장은 싱크대 위에 놓인 물병을 집어 들고 단숨에 들이켰다.

'윽!'

그리고는 바로 토해 버리는 용 팀장. 그건 물이 아니라 물병의 물때를 씻으려고 부어놓은 세척제 혼합물이었다.

"탕비실 관리 좀 제대로 안 해? 물병에다 퐁퐁을 넣어두면 어떡해?"

밖으로 나온 용 팀장이 직원들을 향해 짜증을 퍼부었다.

"팀장님이 닦으라면서요? 그래서 부어뒀는데 그걸 왜 마신대요?"

바른 소리 잘하는 윤아가 바로 응수했다.

"에이, 여직원이 여럿 있으면 뭐 하나."

핏대를 올리던 용 팀장은 아랫배가 꿀렁거리는 걸 느꼈다. 갑자기 큰 게 신호를 보낸 것이다.

"커피 뽑을 건데 희망자 말씀하세요."

사무실을 나서는 용 팀장을 바라보며 탁대가 말했다.

"내 건 율무."

심드렁한 은 과장 목소리를 들으면서 탁대는 복도로 나왔다. 저만치 화장실로 가는 용 팀장 뒤통수가 보였다.

탁대는 잠시 심호흡을 한 후에 화장실 문을 열었다. 용 팀장은 세면대에서 세수를 하고 있었다. 슬쩍 투시 마법을 발현해 화장실을 들여다보았다. 네 개의 화장실은 죄다 손님이 없었다.

"어푸, 어푸푸!"

세수하는 소리도 요란하다. 누가 들으면 물에 빠져 허우적거리는 소리일 것 같았다. 어떻게 골탕을 먹여줄까 생각할 때 용 팀장이 화장실 문을 잡았다.

'대박!'

탁대는 재빨리 순간접착 마법을 쓰며 쾌재를 불렀다. 소변기를 놔두고 화장실 문을 연다면 그건 당연히 '밀어내기'를 뜻하고 있었다.

"이게 왜 안 열려?"

용 팀장은 좌변기 화장실 문과 씨름을 했다. 그렇다고 열릴 리가 없다. 다음 좌변기도 마찬가지였다. 용 팀장은 하는 수 없이 수세식 화장실의 문을 열었다.

"에이, 화장실 관리하고는……."

신경질적으로 문을 닫는 용 팀장. 그걸 바라보는 탁대의 입가에 회심의 미소가 번져 났다.

뿌지직 빠직!

용 팀장의 가죽피리가 불협화음을 연주하기 시작했다. 냄새도 완전 구렸다. 탁대는 투시를 하지 않았다. 이건 소리만 들어도 알 수 있는 일이었다.

'각오하세요. 악몽 2탄입니다!'

가죽피리 연주가 잠잠해졌을 때 탁대는 제대로 된 접착 마법을 작렬시켰다.

'하강 접착!'

증오심 때문일까? 다른 날에 비해 강력한 힘이 느껴졌다.

"억!"

반응은 바로 왔다. 단발마의 비명이 터져 나온 것이다. 잠시 호흡을 가다듬은 탁대는 투시 마법으로 문 너머의 풍경을 감상했다.

"크크크!"

웃음이 터져 나왔다. 용 팀장의 엉덩이는 수세식 변기 안에 폭싹 내려앉아 있었다. 말인즉슨, 자기가 밀어낸 노폐 화합물 덩어리를 방석 삼아 깔고 앉았다는 뜻이다.

"어버버……."

겨우 문고리를 잡은 용 팀장은 어쩔 줄을 몰라 했다. 덤벙거리며 휴지를 찾지만 그게 어디 휴지로 해결될 일이던가? 그제야 용 팀장 뇌리에 낮잠에서 현몽한 아버지의 말이 스쳐 갔다.

'당장 행하지 않으면!'

그것을 방증이라도 하듯 머리 위에 커다란 화염 링이 이글거렸다.

"아아악!"

용 팀장은 두 눈을 뒤집고 늘어져 버렸다.

촤아아!

물소리가 들렸다.

"어버버버!"

겁에 질려 이빨을 부딪치는 용 팀장 목소리도 섞여 나왔다.

탁대는 화장실 입구의 문을 막고 서 있었다. 안에서는 용 팀장이 세척(?)을 하고 계신 중이다.

"자네… 아직 거기 있지?"

용 팀장은 탁대의 존재를 계속 확인했다.

"예!"

"절대로 아무도 못 들어오게 해주게."

"예!"

대답하는 중에도 용 팀장의 요상 망측한 신음은 계속되었다.

"어버버버!"

탁대는 쿡쿡쿡 새어나오는 웃음을 참느라 바빴다.

시치미를 떼고 화장실 문을 열었을 때 용 팀장의 모습은 가관이었다. 변기에서 빠져나오려 몸부림을 친 까닭에 온몸에 거시기 칠을 한 것이다. 혼이 빠진 틈을 타서 인증샷도 찍었다. 남의 불행을 즐길 생각은 없었지만 죄질이 불량한 까닭에 보험용으로 준비한 것이다.

"어이쿠, 시장님!"

보초를 자처한 탁대가 심심한 차에 한마디를 하면,

"어버버버!"

용 팀장은 바짝 쫄아서 새된 비명을 질러댔다.

"수건 여기 있습니다."

얼마 후에 탁대는 살짝 연 문 틈으로 수건과 함께 비상근무용 근무복을 건네주었다. 사력을 다해 빨았겠지만 그렇다고 응아가 범벅이 되었던 바지를 입을 수는 없는 일이었다.

"혜자 씨한테 가서 향수 좀 빌려다 드릴까요? 구린내가 폴폴 나는 거 같은데……."

"혜, 혜자?"

이름만으로도 화들짝 놀라는 용 팀장. 탁대의 응징이 제대로 먹혔다는 반증이었다.

"이 일은 절대 비밀로 해야겠죠?"

"그, 그럼……."

"걱정 마십시오. 제가 입은 또 무거우니까."

"정말 아무도 모르지?"

"그럼요. 귀신들 말고는 아무도 모릅니다."

"으헉!"

슬쩍 염장을 지르자 용 팀장은 한 번 더 몸서리를 쳤다.

톡! 지이잉!

버튼을 누르자 자판기가 커피를 내려놓았다.

'향기 죽이네.'

자판 커피 향기가 그리 좋을 리 없지만 오늘만은 달랐다. 일류 바리스타가 내린 커피 못지않은 향이 나는 것만 같았다.

마지막으로 율무를 뽑은 후, 탁대는 자기 몫의 커피잔을 입에 물고 사무실로 향했다. 두 손에는 컵이 가득 들려 있다. 이렇게 하면 최대 아홉 잔까지는 운반이 가능했다.

"아니, 커피를 재배해서 뽑아오는 거야?"

커피를 받아든 박 주임이 한마디를 던졌다. 탁대는 여유 있게 받아치고는 커피 배급을 끝냈다. 용 팀장은 그제서야 주눅이 팍 든 얼굴로 들어섰다.

"용 팀장, 얼굴이 왜 그래? 어디 아파?"

율무차를 마시던 은 과장이 물었다.

"아, 아닙니다. 그냥 좀 피곤해서……."

"사람, 건강 좀 챙겨. 우리 나이에 급사하는 사람이 한둘인 줄 알아?"

은 과장의 말을 듣는 둥 마는 둥 한 용 팀장은 핸드폰을 챙겨 들더니 탕비실로 들어갔다.

잠시 후에 단속 나간 혜자에게서 문자가 들어왔다.

―오빠, 어떻게 된 거예요? 방금 용 팀장님 전화 왔는데 돈 얘기는 없던 걸로 하자면서 전에 받은 돈도 곧 돌려주겠대요.

—잘됐네. 혜자 씨가 착하니까 하늘이 도왔나 봐.

—오빠가 초능력이라도 쓴 거예요?

—뭐, 기도는 좀 했지. 요즘 내 기도가 제법 통하나 본데?

간단히 핑계를 만든 탁대는 가뜬한 마음으로 전송 버튼을 눌렀다.

결국 용 팀장은 반가(한나절 연가)를 내고 들어갔다. 패잔병처럼 어깨를 늘어뜨리고 나갈 때는 살짝 안됐다는 느낌도 들었다. 하지만 당해도 쌌다. 힘없는 사람에게 갑질을 하는 건 치사한 짓이었다.

"이거 다들 읽어보고 내일까지 기안해서 올리도록."

오후가 깊어갈 때 국장실에 다녀온 은 과장이 서류를 흔들었다.

〈내년도 과별 창의적 사업안 보고〉

제목부터 위압적이었다.

"으아, 또 사람 쥐어짜는구나. 이런 거 꼭 해야 하나?"

제일 먼저 몸서리를 친 건 송 주임이었다.

"허튼소리 말고 제대로 창의력 좀 발휘해. 그렇잖아도 부시장님께 한 소리 들었어."

은 과장은 과 직원들을 더욱 닦아세웠다.

"이거 뭐 하라는 거예요?"

몇 번을 읽어봐도 핵심이 와 닿지 않는 조탁대. 자연스럽게 윤아에게 조언을 구했다.

"내년이 실질적으로 시장님 마지막 임기잖아요. 2년 후에 재선하려면 뭔가 어필을 해야 할 거 아니에요."

"그러니까 주민 감동 시정을 만들어라, 이거군요?"

"바로 그거예요. 좋게 말하면 감동행정, 나쁘게 말하면 전시행정……."

"조 주임, 사람이 왜 그렇게 삐딱해?"

그 말을 들은 은 과장이 슬쩍 세도를 부렸다.

"맞잖아요? 맨날 일만 벌리지 제대로 하지도 않으면서……."

"그러니까 제대로 하자고 사업 아이디어 내라는 거 아니야."

"아, 예……."

윤아는 냉소적으로 대답하며 대화를 끊었다.

'새로운 아이디어… 그것도 내일까지?'

번갯불에 콩 볶아 먹을 행정이었다. 그러고 보니 매사가 이렇다.

월요일까지 보고할 것.

모레까지 제출할 것.

부서나 담당자의 상황 같은 건 안중에도 없다. 그저 지시만 내리면 그만이었다.

'뭘 한다?'

탁대는 주정차업무 전반에 대한 화면을 띄웠다. 이중에는 아직 탁대가 제대로 맛을 보지 못한 일도 많았다. 어떤 특정한 일들은 계절별로 나타나기 때문이었다.

게다가 핵심이 있었다. 바로 지역경제 활성화. 이건 중앙정부부터 지자체까지 한마음으로 부르짖는 바람이다.

마치 먹을 게 넘치는 곳에서 먹는 걱정을 하는 시대가 온 것 같았다. 돈은 널렸다. 국민소득이 그걸 말해주고 있지 않은가? 그런데 문제가 생겼다. 돈이 돌지 않는 것이다.

김성곽 시장의 고민도 그것이었다. 지역경제가 활성화되면 일자리도 늘어난다. 그렇게 되면 재선이나 삼선도 사정거리 안에 들어온다. 그러니 시장으로서는 사활이 걸린 일이기도 했다.

그때 단속을 끝낸 혜자와 명하가 들어왔다.

"다녀왔습니다."

둘은 입을 모아 합창하지만 아무도 대꾸하지 않았다.

"수고했어."

뻘쭘할 그녀들을 위해 탁대가 손을 들어주었다. 그때 탁대 책상의 전화기가 울렸다.

"감사합니다. 교통과 주정차담당 조탁대입니다!"

한달음에 유창한 응대말을 늘어놓는 탁대.

―아, 조탁대 씨. 나 국 팀장인데.

"네. 말씀하십시오."

―주차단속원들 들어왔나?

"그렇습니다만……."

탁대는 본능적으로 짐작을 했다. 이따금 들어오는 주차단속 무마 청탁이었다.

"죄송합니다. 의견진술 청구하시면 적극적으로 검토하도록 하겠습니다."

탁대는 같은 말을 되풀이하며 전화를 끊었다. 한쪽에서는 단속을 하고 한쪽에서는 빼주라고 하는 건 있을 수 없는 일이었다.

그래도 요즘은 많이 나아졌다고 한다. 처음에 주차단속이 정착되지 않았을 때는 '아는 사람'을 동원한 청탁 전화로 업무를 보기 어려울 정도였단다.

뒤 이어 또 다른 민원 전화가 이어졌다. 점심시간에 단속을 당한 민원인의 푸념이었다.

―거 점심시간만이라도 좀 단속 좀 하지 맙시다. 공무원은 밥도 안 먹습니까? 이거 원 단속이 무서워서 밥 먹으러 나갈 수가 있어야지. 식당가에 주차장도 제대로 안 만들고 말이야……

"앞으로 업무에 참고하도록 하겠습니다."

그렇게 말하고 전화를 끊던 탁대의 머리에 불이 번쩍 들어왔다.

'이거다!'

점심시간 주정차 자유화!

이렇게 되면 지역 상권을 살릴 수 있었다. 또한 시민들의 불만도 줄어들게 된다. 다른 경우보다 점심시간 단속은 반발도 심했다. 밥 먹다가 뛰어나온 사람들, 밥을 먹으면서도 신경 쓰느라 즐거운 식사가 되지 못하는 직장인들이다 보니 당연한 일이었다.

문제는 동 시간대의 주차 질서가 부각될 수 있는데 운전자들에게도 그 정도의 시민의식은 있었다.

나아가 공무원에게도 유익했다. 점심시간에 단속하자면 단속공무원도 점심을 제때 먹지 못한다. 이 제도를 도입하면 상인, 직장인, 단속자 모두에게 윈―윈의 결과를 안겨줄 묘수가 될 수 있었다.

그런데!

문제가 있었다. 검색을 해보니 이미 다른 지자체에서 도입한 제도였다.

"괜찮아요. 원래 공무원 창의라는 게 다 그렇게 따먹는 거예요."

탁대의 고민을 들은 윤아가 잘라 말했다.

다른 지자체나 외국 제도 베끼기.

그게 바로 대다수 공무원들의 창의력이란다. 딱히 다른 창의력이 번쩍거리지 않아 윤아 말을 따르기로 했지만 마음은 좀 찜찜했다. 남의 아이디어를 훔치는 기분이었다.

공문을 꾸미다 보니 8시가 훌쩍 넘었다.

사업의 기대 효과가 어쩌고, 문제점이 저쩌고 하는 문구를 만드는 건 크게 어렵지 않았다. 그건 탁대의 문장력 때문이었다. 그래도 문과 출신 조탁대였다. 한때는 시를 쓴다고 깝죽거리기도 했었다. 그런 꿈은 다 일장춘몽으로 끝났지만 여기서 도움이 되고 있는 것이다.

"오, Good인데요?"

초안을 본 윤아가 엄지를 세워주었다.

"진짜요?"

"탁대 씨, 나날이 일취월장이네. 공문 작성도 딱 자리를 잡고."

"에이, 다 조 주임님 덕분에……."

"사업 효과 부분을 좀 더 강조하면 먹힐 거 같아요. 부럽네요. 나는 아직 뭘 할지 못 정했는데……."

윤아의 응원을 받은 탁대는 기분이 좋았다. 다른 사람은 몰라도 윤아는 진심을 말하기 때문이었다.

'점심시간 상가지역 단속을 안 하게 되면…….'

골똘히 생각에 잠길 때 인사팀장 이형민이 문을 열고 들어왔다.

"퇴근들 안 하십니까?"

"웬일이야? 잘나가는 분께서?"

그때까지 묵묵히 서류를 검토하던 황 팀장이 인사를 받았다.

"퇴근하다 들렀습니다. 교통과는 늘 바쁘군요."

인사팀장의 시선이 탁대에게 향했다. 탁대는 앉은 채 가벼운 목례로 인사를 건넸다.

"과장님, 조탁대 씨 자리가 결정되었습니다."

인사팀장이 은 과장을 바라보며 말했다.

"제자리 발령인가?"

"아닙니다. 이동입니다."

'이동?'

아이디어를 짜내던 탁대가 고개를 들었다. 다시 탁대를 향해 고개를 돌린 인사팀장이 담담하게 말을 이었다.

"교통과로는 의회에 나가 있던 계인철이 들어오고 조탁대 씨는 감사관실로 발령입니다."

'감사담당관실?'

부서 이름이 들리는 순간 탁대의 뇌리에 밉상 팔호가 먼저 스쳐 갔다.

'이팔호, 너 딱 걸렸다.'

3장
감사담당관실 조탁대입니다!

"조탁대, 지방행정서기에 임함. 감사실 근무를 명함!"

시장 김성곽이 직접 임용장을 읽고 탁대에게 내밀었다. 시장실, 앙가슴을 불뚝 내밀고 당당하게 선 탁대 옆에는 은 과장과 인사과장이 서 있었다.

탁대는 두 손으로 임용장을 받았다.

8급!

무게감이 느껴졌다. 서기보에서 느껴지던 초짜의 가벼움은 거기 없었다. 어쩐지 '고참' 축에 속하는 뿌듯함이 담긴 것이다.

"임기 안에 7급 달아줄 테니 이런 자세로만 임하게."

시장은 악수대신 탁대를 당겨 등을 두드려 주었다.

"열심히 하겠습니다."

탁대는 낭랑하게 대답했다. 시장이 직접 임용장을 주는 것은 이례적인 일이었다. 하지만 특채 형식을 빌리다 보니 대상자가 탁대 한 명뿐이었다. 당연히 넓은 강당보다는 오히려 시장실이 제격이었다.

"인사과장, 표창은 어떻게 됐나?"

가벼운 포옹을 마친 시장이 인사과장을 돌아보았다.

"대통령 표창이 상신되어 있습니다. 저쪽 말로는 바로 통과될 거라고 하더군요."

인사과장이 공손히 대답했다.

'대통령 표창?'

탁대는 눈을 똑바로 떴다. 그건 탁대가 듣지 못한 얘기였다.

"곧 대통령 표창이 내려올 거네. 폼 나게 훈장이면 더 좋았겠지만 그것도 대단한 거니까 자부심을 갖고 임하도록."

시장이 다시 탁대의 어깨를 토닥거렸다.

"시장님께 인사드리지 않고 뭐 하나? 최소한 대통령 표창은 챙겨줘야 한다고 강력히 주장하셔서 이뤄진 일이라네."

옆에서 인사과장이 넌지시 탁대를 다그쳤다.

"고맙습니다."

"고마운 건 날세. 우리 함께 잘해보세나."

마지막으로 내민 시장의 손. 탁대는 그 손을 잡고 묵직한 악수를 나눴다.

"대통령 표창 말이야……."

임용장을 받고 복도에 나왔을 때였다. 은 과장이 슬그머니 말머리를 꺼냈다.

"그거 실은 내가 의견드린 거니까 그렇게 알아."

"아, 네."

"시장님도 말이야 그런 건 좀 얘기해 주셔야 내 얼굴이 사는데……."

퉁명스러운 은 과장의 말은 흘려들었다. 이익이 되는 일에는 열심히 고개를 돌리는 해바라기 관료들. 은 과장 역시 그런 부류에 다름 아니라는 걸 절감하고 있던 탁대였다.

총무과 앞을 지날 때 안쪽 창에서 어른거리는 사람이 보였다. 수애였다. 임용장 소식을 들은 그녀가 창가에 나와 손을 흔들어 주었다.

"자네 인기 좋네?"

은 과장이 코맹맹이 소리로 말했다.

'당신처럼 치사하지 않으니까.'

탁대는 그 말을 목 안으로 삼켜 버렸다.

"아쉽군. 기껏 키워놓으니까 감사관실에서 홀랑 빼가다니."

교통과로 돌아와 사물(私物)을 챙기는 탁대 뒤에서 용 팀장이 입맛을 다셨다.

'사실은 속 시원하겠지.'

탁대는 대꾸하지 않았다. 웃는 얼굴은 다정해 보이지만 그럴 때도 머릿속에는 계산기가 팍팍 돌아가는 용석봉. 가끔은 그 계산적인 톱니바퀴에 모래를 확 뿌려주고 싶었다.

잡동사니를 다 챙기니 작은 박스로 하나가 되었다.

박스! 바로 공무원들의 이삿짐이다. 발령이 나면 헌 박스를 가져다 사물(私物)을 때려 넣는다. 보통 많게는 두세 박스에 달한다. 내용물은 비상근무 때 신는 운동화라든가 실내화, 시청 작업복, 기타 책 등등이었다.

마지막으로 개인 파일을 담은 USB를 챙기고 나니 감회가 새로웠다. 엊그제 설레는 마음으로 들어섰던 교통과. 그 풋내기가 8급이 되어 떠나는 것이다.

"감사실인데 업무 인계 끝나는 대로 올라오라는데요?"

걸려온 전화를 받아든 윤아가 탁대를 바라보았다. 그 사이에 진한 정이 든 윤아. 그 옆으로 빨갛게 달아오른 콧날을 한 혜자와 명하도 보였다.

새로 전입된 계인철이 오자 탁대는 주요업무를 인계해 주었다.

"축하합니다. 주의사항은 없나요?"

이런 저런 업무에 대한 설명이 끝나자 인철이 물었다.

"용 팀장님요."

탁대는 한마디로 주의사항 전달을 끝냈다. 겉과 속이 다른 이중인격형 인간. 이제 또 얼마나 인철을 볶아 댈까 생각하니 한 편으로는 안된 마음이 들기도 했다.

"그동안 다들 고마웠습니다. 덕분에 주제넘게 특진도 했고… 해서 고마운 마음에 커피 한 잔씩 쏘고 가겠습니다."

그 마음은 진심이었다. 어쨌든 첫발을 디딘 교통과. 신규가 맡기에는 벅찬 업무를 맡아 좌충우돌한 시간들. 과원 모두가 탁대 편인 것은 아니었지만 그래도 같은 부서라는 든든함이 보탬이 된 건 사실이었다. 특히 윤아와 혜자, 그리고 명하……

마음 같아서는 황 팀장과 그들 셋에게만 쏘고 싶었지만 떠나는 마당까지 그렇게 쪼잔하고 싶지는 않았다.

탁대는 청사를 나왔다. 자판 커피가 아니라 제대로 된 커피를 주고 싶었던 것이다.

"같이 가요."

소리를 듣고 돌아보니 윤아였다.

"내가 이럴 줄 알았어요. 테이크 아웃하면 혼자 들기 좀 무리죠?"

그러면서 상글상글 웃어주는 윤아. 공무원 중에도 이런 사람이 있다는 것, 그건 시장의 복이자 시민들의 복이었다.

"나, 실은 잘 보이려고 쫓아왔어요."

커피전문점에 주문을 넣고 진동판을 받아들 때 윤아가 말했다.

"나한테요?"

"어유, 대감사실 직원이잖아요? 거기 아무나 못 가는 곳이거든요. 앞으로 잘 부탁합니다."

"선배님!"

"뭐, 농담이고. 혹시 대통령상 얘기 못 들었어요?"

"시장님이 대통령 표창 얘기하시던데요?"

"누구한테 들었어요? 용 팀장님? 은 과장님?"

"시장님이 말씀하셨는데 은 과장님은 자기가 상 주라고 했다고……."

"헐~! 그 아저씨 진짜 대박 철판……."

윤아는 어이가 안드로메다로 날아간 표정을 지었다.

"왜요? 또 무슨 일 있었어요?"

"그거 황 팀장님이 고집해서 시작된 일이에요."

"황 팀장님요?"

"말이 나왔으니 말이지 특진은 특진이고 상은 상이잖아요? 그만한 일을 했으면 당연히 상 줘야죠. 팽팽 놀고먹는 인간들도 때 되면 장관상 챙기는 마당에."

윤아의 목소리가 조금씩 높아졌다.

"그런데 용 팀장님이랑 은 과장님은 펄쩍 뛰더라고요. 특진하면 됐지 무슨 대통령상이냐고요."

"……."

"결국 황 팀장님이 총무과랑 인사과 쑤시고 다녀서 상신하게 만들었어요."

"그렇게 된 거군요."

"황 팀장님 성격에 끝까지 내색 안 할 것 같아서 말하는 거에요. 나중에 언제 소주라도 한 잔 쏴드리세요."

"그래야겠네요."

"아, 커피 주문… 용 팀장님하고 은 과장님 거 뭐로 주문했어요?"

"모카로 시켰는데요. 그거 좋아하는 거 같아서……."

"그거 내가 주문 좀 바꿀게요."

"그야 마음대로……."

윤아는 성큼성큼 주문대로 가더니 알바생과 이야기를 나누었다.

'역시 황 팀장님이셨군.'

그러면서 딱히 내색도 않는 인품이 다시 한 번 존경스러웠다.

'감사관실에도 그런 분이 계시면 좋은데…….'

빛과 그림자! 그리고 보면 세상은 공평한지도 몰랐다. 얍삽한 은 과장과 용 팀장 사이에 버티고 있는 황 팀장. 그 빛과 그림자가 동시에 있었기에 탁대는 더 많은 경험을 할 수 있었다.

"그동안 고마웠습니다."

사무실로 돌아온 탁대는 커피를 한 잔씩 돌렸다.

"어이구, 뭘 이런 걸 다……."

은근 향응을 즐기는 용 팀장은 구수한 커피향이 마음에 드는 모양이었다. 그건 은 과장도 마찬가지였다. 하지만 두 사람은 사이좋게 인상을 찡그리고 말았다.

"크헐~! 뭐가 이렇게 써?"

은 과장에 이어 용 팀장도 입에 물었던 커피를 쏟아냈다. 하지만 더 이상의 불평은 하지 못했다. 윤아가 쐐기를 박아버린 것이다.

"요즘 커피에 설탕 안 넣는 게 유행이니까 그냥 마시세요. 탁대 씨가 두 분 생각해서 일부러 비싼 걸로 사왔는데……."

그 말을 들은 은 과장과 용 팀장은 빨대에서 입을 떼지도, 빨지도 못한 채 굳어버렸다.

"고마웠습니다."

떠나는 사람의 악수가 시작되었다.

"오빠……."

혜자는 큰 눈을 글썽거렸다. 하고 싶은 말이야 카톡이나 전화로 나누면 된다지만 괜히 가슴이 알싸해지는 탁대. 마지막으로 탁대는 황 팀장의 손을 잡았다.

"잘하게."

그는 꼭 한마디만을 남겼다.

"네, 팀장님!"

탁대로 한마디로 말했다. 입으로 말하는 용 팀장과 달리 그는 마음으로 통하는 사람이었다.

인사를 끝낸 탁대는 교통과를 나섰다.

'감사담당관실 지방행정서기 조탁대.'

스스로 불러보는 관등성명. 탁대는 개똥초심의 그날처럼 스스로를 다그치며 계단을 올랐다.

'거기서도 잘해보는 거다.'

〈감사담당관실〉

탁대는 팻말을 한 번 바라보고 바로 문을 열었다. 처음이라면 좀 쫄았을지도 모른다. 감사실이라면 어쩐지 정부의 검찰 같은 느낌이 들었기 때문이었다.

"기대가 크네. 교통과에서 하던 대로만 해주게."

감사과장 도상욱.

만 56세로 사무관의 꽃으로 불리는 보직 중 하나를 꿰찬 실세. 탁대의 손을 잡은 그는 뚝심이 있어보였다. 하지만 탁대는 이제 사람을 얼굴로 판단하지 않기로 했다. 용 팀장에게서 학을 뗀 학습 효과 덕분이었다.

다음으로 주무팀장 권해관, 조사팀장 선우재풍, 민원조사팀장 이겸수… 다들 단단한 눈빛에서 우러나는 내공이 만만치 않은 팀장들이었다.

"선우 팀장이 인력이 부족하다니 밑에 두고 잘 좀 가르치도록!"

과장의 한마디로 탁대의 거취가 결정되었다. 조사팀에 배속된 것이다. 힐끔 보니 팔호가 보였다. 조사팀의 주무인 유상길과 악수를 나눈 탁대는 팔호에게 손을 내밀었다.

"잘 부탁한다."

"……"

팔호는 아무 말도 하지 않고 탁대의 손을 잡았다. 이래저래 탁대를 보는 눈길이 고울 리 없는 팔호였다.

"아, 팔호하고는 원래 9급 동기였지? 팔호가 자리 좀 마련해주고 업무는 유 주임 업무를 잘라서 넘겨주도록."

"예!"

유 주임이 대답하는 동안 팔호는 그냥 고개만 숙였다. 그래도 행동은 자연스러운 걸 보니 거시기의 상처는 다 나은 모양이었다.

"여기 앉으세요."

팔호가 가리킨 곳은 입구 쪽의 책상이었다. 가만 보니 팔호보다도 뒤쪽이었다.

"여기 맞냐?"

탁대는 앉지 않고 팔호를 쏘아보았다.

"처음 오면 원래 거기 앉는 거예요."

팔호는 그 말을 끝으로 옆 책상에 앉아 서류를 펼쳤다.

"너 뭘 착각하나 본데?"

탁대는 선 채로 넌지시 말꼬리를 이었다.

"대단한 건 아니지만 내가 9급 신규로 여기 온 게 아니거든?"

그렇잖아도 탁대의 특진에 속이 좋을 리 없는 팔호. 그 말에 발끈해 고개를 들고 응수했다.

"여긴 원래 그래요. 처음 오면 거기 앉는 게 관행이거든요."

여기서는 내가 너보다 고참이야.

팔호의 눈동자에는 그런 오만한 감정이 고스란히 담겨 있었다.

"이팔호!"

탁대는 팔호를 똑바로 바라보며 말을 이었다.

"감사관실에 있으면서 공무원 의전상 규정도 모르나?"

"……?"

"네 자리에 앉고 싶은 마음은 하나도 없지만 공무원은 직급에 따라 자리에 앉는 게 기본이야. 그런 기본을 감찰하는 감사과 직원이 자리 배정 하나 못 지키면 되겠냐?"

뒷말은 슬쩍 소리를 높였다. 탁대의 바른 소리에 도 과장과 팀장들의 시선도 집중되었다.

"소리가 컸다면 죄송합니다."

탁대는 간부들을 향해 공손히 목례를 올렸다. 그런 다음 무언의 침묵시위를 했다. 나는 옳은 말을 했다. 그러니 처분을 내려주시오 하는 것이다.

"조탁대 말이 맞아."

지켜보던 과장이 한마디를 토했다. 그것으로 게임 오버였다.

수탉 벼슬처럼 붉으락푸르락해진 팔호가 자리를 옮기기 시작했다. 탁대는 서서 그 광경을 즐겼다. 솔직히 꼭 팔호 자리를 차지하고 싶지는 않았다. 만약 팔호가 살갑게 나왔더라면 그냥 넘어갔을 수도 있었다.

하지만 팔호는 각을 세우고 텃세를 부렸다. 임용된 지 얼마 되지 않는 주제에 조금 먼저와 있다고 목에 힘을 주는 못된 꼴은 차마 그냥 넘어갈 수 없었다.

그렇다면 이에는 이, 눈에는 눈이었다.

겨우 자리가 정리되자 책상에서 먼지가 뽀얗게 일었다. 컴퓨터와 책꽂이 밑에 쌓였던 것이 햇빛을 본 것이다.

"이건 닦아주고 가는 게 기본 아닐까? 이 주무관께서 흘린 거니까."

탁대는 턱짓으로 먼지를 가리켰다. 잘난 이팔호. 거칠어진 숨결을 참으며 걸레질까지 해야 했다.

―이 자식, 어디 두고 보자.

―어디서 꼴같잖은 게 운 좋아서 8급 단 주제에…….

탁대는 순간 독심으로 팔호의 불만을 고스란히 엿보았다. 걸레질까지 마치자 탁대는 비로소 자리에 앉았다.

"이팔호!"

박스를 풀고 짐을 꺼내며 나지막이 팔호에게 속삭이는 탁대.

"꼴같잖은 게 운 좋게 8급 달아서 미안하다. 아무튼 앞으로 잘 지내자."

탁대가 손을 내밀자 화들짝 놀란 팔호는 사색이 된 채 물러섰다.

"아, 진짜… 소심하기는……."

탁대는 씨익 웃어주고는 보란 듯이 사물을 정리하기 시작했다. 순간 탁대 책상의 전화기가 울렸다.

"감사합니다. 감사담당관실 조탁대입니다."

8급이 되고 나서 첫 전화응대, 하지만 이번에는 조금도 쫄지 않았다.

진정민원조사처리 및 공직기강감찰.

탁대에게 주어진 업무는 그것이었다. 유 주임은 공직 윤리에 관련된 업무와 공직자재산등록을 제외한 업무를 탁대에게 넘겨주었다.

"탁대 씨가 검찰도 조지고 시의원도 조졌다지?"

회의 테이블에서 업무를 떼어준 유 주임이 물었다. 교통과의

박 주임과 같은 주무지만 어쩐지 포스가 깃들어 보였다.

자리가 사람을 만든다!

공무원 사회에 회자되는 말은 별로 틀리지 않아 보였다.

"그거야 그냥 규정대로……."

"아무튼 이제 새 식구가 되었으니 여기서도 국민영웅의 실력 좀 발휘하라고."

"열심히 하겠습니다."

도 과장이 그때 다가왔다.

"분위기 파악도 해야 할 테니까 며칠은 업무 처리하는 거 지켜보면서 감사과정과 감사에 관련된 규정과 법을 숙지하도록 해. 그리고 나서 접수된 진정서나 투서 검토해서 업무기획안을 짜보도록."

"예, 과장님!"

감사과는 그래도 교통과와 달랐다. 탁대는 이틀 동안 감사관련 서류와 감사실의 업무를 파악하며 보냈다. 앞으로 탁대가 맡을 일은 주로 하위직 공직기강 감찰과 진정서나 투서 확인 및 처리. 그 점을 중점으로 그동안 들어온 투서를 넘겨보고 처리된 과정을 숙지했다.

다만 귀찮은 일도 있었다. 그 업무 지도를 이팔호가 맡은 것이다. 게다가 이 인간, 기회만 생기면 텃세를 부린다. 눈치를 보아하니 도 과장에게 비교적 인정을 받은 모양이다. 그걸 빌미로 감사실 고참 유세를 떠는 것이다.

투서는 많았다.

가장 많은 건 무기명 투서였다.

"내부 무기명 투서는 팀장님이나 과장님에게 확인한 후에 조사에 착수하세요."

"왜지?"

"음해성 투서가 많아서 일일이 다 해결할 수 없는 데다 조직 내부의 위해가 될 사안도 있으니까요."

설명하는 팔호 목에서 경동맥이 불뚝거렸다. 그의 근자감은 한마디로 쩔 정도였다.

"다음으로 외부 투서 역시 무기명은 취사선택을 해야 합니다. 이것도 거반 음해성이 많거든요."

"보아하니 무기명이 절대적인 거 같은데?"

"못 먹는 감 찔러나 보자는 거예요."

팔호는 탁대의 말허리를 대뜸 잘라 버렸다.

투서는 다양했다. 승진 비리에서부터 사생활을 고자질하는 것, 겸직금지와 영리추구 위반, 심지어는 직원의 복장까지 고발하는가 하면 뇌물과 향응, 인사 대가 금품요구, 업무처리를 빌미로 민원인에게 금품을 강요하는 일까지 넘치고 또 넘쳤다.

'혹시 용 팀장 건 없을까?'

투서를 넘기다 보니 문득 그 생각이 떠오른 탁대. 행적으로 보아 업자나 내부 직원으로부터 투서 한두 장쯤은 들어왔을 것도 같았다.

"팀장급에 관한 투서요?"

"그래. 이건 죄다 7급 이하와 기능직, 계약직 등에 관한 거잖아?"

"그건 쟤가 분류해서 권 팀장께 넘겨요."

팔호가 창가 테이블에서 세월아 네월아 봉투를 만지작거리는 공익을 가리켰다. 공익의 이름은 조수윤. 첫 인상부터가 교통과 이완용과는 완전 반대편에 있었다.

다행스러운 건 싸가지는 아니라는 것. 다만 고문관에 버금갈 정도로 꽉 막힌 친구였다. 단순 무구에 답답마왕을 죽마고우로 벗 삼은 공익은 오직 시키는 일만 하는 스타일이었다.

"쟤가 그런 분류는 잘하냐?"

인격을 무시하는 것 같아 미안했지만 진심으로 궁금한 탁대였다.

"뭐가 궁금한데요?"

팔호가 거만을 떨며 물었다.

"각 좀 풀어라. 너 아까부터 보니까 잘못하면 목 부러지겠다?"

벼르고 있던 탁대가 넌지시 경고를 던졌다.

"교통과라면 황 팀장님이 문제긴 하죠."

"황 팀장? 용 팀장이 아니고?"

"쉬잇!"

탁대가 되묻자 팔호는 황급히 목소리를 낮추며 긴장했다.

"뭐 죄졌냐?"

"진짜 눈치 없기는… 저기 선우 팀장님이 용 팀장님이랑 아삼육인 거 몰라요?"

'선우 팀장이 용 팀장이랑?

"팀장급 투서나 비리는 선우 팀장님이 주로 관리하니까 신경 끄시면 되고 혹시라도 황 팀장님 비리 아는 거 있으면 제보하세요."

"황 팀장이 요주의 인물이냐?'

분위기를 간파한 탁대가 물었다.

"그건 두고 보면 알 테니까 서류 다 보면 챙겨서 2번 캐비닛에 넣으세요."

이팔호의 잘난 업무 지도는 그것으로 끝이었다.

이틀 동안 서류만 뒤적이자니 좀이 쑤셨다. 하지만 업무 파악이 안 된 상태니 아직 알아서 일을 할 수도 없는 입장이었다.

그러다 좀이 쑤셔 기지개를 켤 때 도 과장과 딱 마주치고 말았다.

'젠장!

탁대는 얼른 팔을 내렸다. 도 과장이 다가왔다.

"우리 국민영웅께서는 좀이 쑤시는 모양이군?'

"예… 일이 없다 보니……."

"어이, 유 주임!"

도 과장이 유 주임을 불렀다.

"네, 과장님!"

"어차피 업무라는 게 하면서 배우는 거니까 탁대 씨도 한두 개 던져 줘."

"그렇잖아도 간단한 것부터 적응시키려고 찾던 중입니다."

"과장님, 그 업무를 맡겨보시죠?"

때를 기다렸다는 듯이 이팔호가 끼어들었다.

"그 업무?"

"그 왜… 보건소의 야리꾸리한 사건 있잖습니까?"

"그건 조탁대가 하기엔 좀 무리일 거 같은데?"

"아닙니다. 탁대 씨는 창의적인 사람이니 의외로 원만하게 해결할 지도 모르지 않겠습니까?"

해가 서쪽에서 뜬 걸까? 갑자기 팔호가 탁대를 띄우고 있었다.

"괜찮을까?"

도 과장이 유 주임을 바라보며 동의를 구했다.

"나 팀장이 아침에도 전화했었습니다. 게다가 이팔호도 기능직 비리 건에 여직원들 투서 건으로 바쁘니 그것도 한 방편이긴 합니다만……."

"그럼 한 번 맡겨봐."

과장의 허락과 동시에 팔호의 입가에 파리한 미소가 스쳐 갔다. 뭔가 기분이 좋지는 않았지만 탁대로서는 뭐라고 말할 분위기가 아니었다.

"국민적 신망을 받으시는 데다 초능력이 있다는 말도 있고… 게다가 검찰과 시의원을 뭉개는가 하면 멧돼지하고도 맞서 싸우는 강철 창의력을 가지셨으니 잘 해결하리라 믿습니다."

긴 사설과 함께 팔호가 서류를 흔들었다.

보건소 성추문.

대충 읽어보니 사안은 이랬다.

보건소에 보건직 6급의 미녀 팀장이 있다. 얼굴도 괜찮고 몸매도 제법 조각상에 속한다. 관운도 좋아 30대 중반에 6급을 달아 이제 37살이 되었지만 결혼은 아직이었다. 그 보건소에 기능직 9급 전기직 노총각이 있다. 나이는 서른을 조금 넘었고 역시 미혼이다.

문제는 이들에게서 일어났다.

'내가 그 여자를 따먹었다.'

'퇴근할 때도 그 여자가 청사를 나와 저만치서 기다리다 기능직을 몰래 태우고 간다.'

'여자는 그 나이에 첫경험이었다. 기능직의 팬티에 피가 증거로 묻었다.'

대충 파악된 개요는 그랬다.

'그럼 둘이 연애하는 거야?'

첫 장을 읽으면서 탁대는 고개를 갸웃거렸다. 공무원 사회에서 일반직 6급과 기능직은 엄청난 괴리가 있다. 기능직은 공무원법에 의해 엄연히 신분을 보장받는 정규직이지만 공무원 사회에서는 살짝 비정규직 비슷한 인식이 남아 있으니 화제의 대상이 될 만도 했다.

하지만 진짜 핵심은 그 다음 장에서 밝혀졌다.

진정인 나숙희.

이름 옆에 관등성명이 반짝거렸다. 그러니까 진정인이 바로 보건 6급 미녀 팀장이었던 것이다. 헛소문으로 명예를 훼손당

한 그녀가 고육지책 끝에 감사실에 진정을 넣은 모양이었다.

살짝 골치가 아파지기 시작했다.

수집된 자료를 보면 보건소에 괴소문이 떠돈다로 시작하고 있다. 기능직 총각이 미녀 팀장과 열애하고, 잠을 자고, 출퇴근을 팀장 차로 했으며 첫 관계에서 총각 팬티에 꽃물까지 들었다는 것.

"이게 다냐?"

탁대는 팔호를 바라보며 물었다.

"나머지는 조사해서 밝혀내세요. 진정인이 원하는 건 소문의 발상지인데 전기직 안기리는 자기는 그런 말한 적이 없답니다. 잘해보세요. 8급, 주무관님!"

팔호는 8자에 힘을 주어 빈정거리고는 사무실에서 나갔다. 탁대는 자리에서 일어나 선우 팀장에게 다가갔다.

"범인을 잡아야 하는 겁니까?"

"글쎄, 그 일은 치정도 아니고 불륜도 아니야. 하지만 소문은 있는데 애초 발설자가 나오지 않으니 난감하다네. 그것만 밝혀내면 되는네 말이야."

"그럼 이 두 사람을 만나봐야겠군요?"

"나 팀장은 일이 더 이상 확대되는 걸 원치 않고 있어. 사실을 떠나 미혼인 그녀에게는 치명적인 일이 아닌가? 그러니 가급적 은밀하게 조사해 보게."

선우 팀장이 해준 말은 그게 끝이었다. 너무 원론적이라 물어보지 않은 것과도 같았다.

'결론은 내가 알아서 하라는 말이군.'

탁대는 일단 보건소로 전화를 걸어 전기직 안기리를 호출했다.

다행히 감사관실에는 상담실이 마련되어 있었다. 감사과라는 이름값도 한몫했다. 원래 부서 간 협조를 요청하면 바쁘다는 핑계로 미루기가 일쑤였다. 하지만 안기리는 전화하기 무섭게 달려왔다.

'감사실이 좋긴 좋군.'

탁대는 혼자 고개를 끄덕거렸다.

지방전기직 9급 안기리.

인사 카드에서 신상을 확인한 탁대는 기리와 마주 앉았다. 공고를 졸업하고 전기기능사 자격을 가진 그는 기능직 채용을 통해 임용된 케이스였다.

"나숙희 씨 알죠?"

마주 앉아 묻기 시작하자 꼭 검찰이 피의자를 취조하는 느낌이 들었다. 이건 좀 아니지 싶어 차부터 타주었다. 같이 한두 모금 마시고 나니 빡빡한 분위기가 조금 누그러졌다.

"저는 할 말 없습니다."

기리는 담담하게 대답했다. 너무나 선량해 보이는 얼굴은 가련할 정도였다.

"그럼 이 소문에 어떻게 생각합니까?"

"모릅니다."

"본인과 관련 없다는 건가요?"

"네. 나는 그 여자 이름도 잘 모릅니다."

허얼~! 이름도 몰라?

말도 안 되는 것 같았지만 근무 환경을 알고 나니 이해가 되었다. 안기리는 보건소 지하실에 마련된 작은 공간에 책상을 두고 혼자 근무하고 있었다. 그러니 딱히 그녀의 이름을 모른다고 해도 이상할 건 없었다.

"그럼 언제 이 소문에 대해 알게 되었나요?"

"지난번에 감사과에서 전화가 왔을 때……."

"그럼 이런 소문을 만들어서 퍼트릴 만한 사람이라도……."

"모릅니다."

"아무튼 본인은 전혀 관련이 없다?"

"네."

그쯤에서 탁대는 서류를 넘기는 척하며 슬쩍 순간독심을 걸었다.

"……!"

기리의 속은 텅 비어 있었다. 조금 더 들여다보자 복잡한 색깔들이 마구 헝클어지는 것 같기도 했다. 괜한 상념을 들여다본 것 같아 탁대는 그쯤에서 마법을 멈추었다. 어쨌든 거짓말을 하는 건 아닌 듯 보였다.

"알겠습니다. 그만 가보세요."

"수고하십시오."

기리는 공손히 인사를 하고 일어섰다.

"잠깐만요."

그가 문을 열 때 탁대가 돌아보았다. 뭔가 찜찜한 구석이 있었던 것이다.

"혹시 지난번에 감사실에서 누군가 이 건에 대해 물어보지 않았습니까?"

"그랬어요."

"혹시 그 사람 이름 생각나나요?"

"뭐, 8호인가 9호인가 그렇던데……."

"고맙습니다. 가보세요."

탁!

문 닫는 소리와 함께 한 이름이 탁대의 뇌리를 차고 들어왔다.

'이팔호…….'

그 인간이었다. 그러니까 처음에 간을 본 건 이팔호였다. 그러다 만만치 않은 듯싶으니까 젖혀놓았다가 탁대에게 떠넘긴 것이다.

'하긴 이미 짐작하고 있었다.'

그렇지 않고서야 과장 앞에서 탁대를 띄워주었을까? 이건 명백히 탁대를 엿 먹이자는 수작에 다름 아니었다.

'오냐, 하지만 네 뜻대로 되지는 않을 거다.'

탁대는 콧김을 뿜으며 훅 올라간 혈압을 끌어내렸다.

다음으로 부른 건 나숙희 팀장이었다.

그녀의 인사 카드는 화려했다. 직급별 직무 교육에서 수석을 두 번 차지했고 세 번의 승진에서도 독보적으로 빠른 승진을 해 왔다.

사람도 세련되기 그지없었다. 탁대는 균형 잡힌 오피스 레이디 모델을 마주한 느낌이었다. 단아한 듯하면서도 도시풍인 그녀는 워낙 세련된 까닭에 한편으로는 좀 차가워 보이기도 했다.

그녀의 말도 별 쓸모가 있지는 않았다.

"어느 날부턴가 그런 소문이 돌기 시작했어요."

"누구에게 들었나요?"

"나도 전해들은 거라서……."

"그럼 그 전해준 사람이라도 알려주세요."

"안기리, 그 사람은 조사했나요?"

"본인은 아니라고 잡아뗍니다."

"어휴, 답답해 미치겠네."

나숙희는 울상을 하며 고개를 저었다. 탁대가 봐도 나숙희와 기리는 도무지 어울리지 않았다.

미녀와 야수?

아니다.

미녀와 정력맨?

그것도 아니다.

미녀와 재벌 아들?

그건 더더욱 아니다.

아무리 이리 재고 저리 재봐도 이 둘은 썸씽이 아니라 쌈씽도 있을 법하지 않은 조합이었다.

그녀를 돌려보내고 최초 소문전달자 중 한 명인 앰불런스 운전사를 불렀다. 그 사이 잠시 상담실 테이블을 정리할 때 선우 팀장이 들어왔다.

"잘 되어가나?"

"아직 잘 모르겠습니다."

"혼자 하고 있는 거야?"

"아뇨. 유 주임님이 같이 계시다가 방금 전화가 와서 나갔습니다."

탁대는 순발력 있게 둘러댔다. 물론 유 주임이 처음에 잠깐 있었던 건 사실이었다. 하지만 10분도 되지 않아 다른 업무가 있다며 나가 버렸다.

CASE BY CASE.

공무원의 업무는 그렇다. 모든 걸 업무를 통해 직접 배우는 것이다. 상급자나 동료가 있어도 마찬가지다. 맡은 업무가 다르면 손을 댈 수 없다. 업무 대행자가 있지만 그것도 허울뿐이다. 9급이든 7급이든 자기 일은 자기가 한다.

"역시 소문이 와전된 거 같은데 해결이 쉽지 않으면 관련자들에게 엄포용 자인서나 받아놓고 끝내게. 나 팀장이 워낙 미인이라 남자직원들 간에 회자되다 일어난 해프닝 같으니……."

"그렇게 하겠습니다."

선우 팀장이 나가고 오래지 않아 운전기사가 들어왔다. 40대 중반의 수더분한 인상이었다. 그 역시 탁대가 원하는 정보는 갖고 있지 않았다.

"나도 박지언이한테 들었거든요."

카더라~!

사건은 그 단어를 향해 달려갔다. 탁대는 슬슬 오기가 발동하기 시작했다. 그 자리에서 전화기를 들고 박지언에게 전화를 했다.

"나는 구장서에게 들었습니다."

전화는 다시 구장서에게 돌려졌다.

"에이, 나는 잘 모르고요 소창우에게 들은 얘깁니다."

"또 다른 사람은 없습니까?"

"소창우는 이승호에게 들었고 이승호는 조기성에게 들었다던데요?"

대답은 한결같았다. 전부 책임을 전가하는 것이다. 이건 달리 말하면 공무원의 주특기 중의 하나였다.

"그럼 전부 감사실로 들어오세요!"

팀장 말대로 대충 무마할까 하던 탁대. 결국 오기가 바짝 고개를 들고 말았다.

"뭐야? 보건소 직원을 여섯 명이나 불렀다고?"

출장에서 돌아온 유 주임이 눈을 동그랗게 뜨며 물었다. 보아하니 팔호가 또 입방아를 찧은 모양이었다.

'찌질한 자식······.'

탁대는 평상심을 유지하며 입을 열었다.

"그래야만 할 것 같아서입니다."

"그거 크게 벌리지 말랬잖아? 그렇게 되면 나 팀장 얼굴이 뭐가 되겠어?"

"보아하니 알 사람은 다 알고 있는 것 같은데요?"

"그렇다고 일을 그렇게 확대하면 안 되지. 그 일은 내가 마무리할 테니까 탁대 씨는 손 떼."

탁대의 일처리에 부담을 느낀 유 주임이 손사래를 치며 나섰다.

"죄송하지만 과장님이 저한테 맡긴 일입니다."

"뭐야?"

"어차피 벌어진 일이니 끝까지 해보겠습니다."

탁대는 흔들리지 않았다. 어쩌면 이게 바로 팔호가 원하는 것인지도 몰랐다. 첫 업무부터 엿을 먹임으로써 국민영웅으로 올라간 이미지를 작살내고 싶었을 테니까.

"이 친구야, 그런 식으로 일하면 우리 감사실이 도마에 올라서 앞으로 투서나 진정 같은 게 안 들어와."

"해결하면 되잖습니까?"

"아니, 웬 고집이야? 그만두라는데……."

"그냥 두시죠, 뭐. 국민영웅이시니 뭔가 믿는 구석이 있으니까 일을 크게 벌리는 거 아닙니까?"

잠자코 있던 팔호가 잽싸게 끼어들었다. 원래 때리는 시어머니보다 말리는 시누이가 더 미운 법. 탁대는 조잘거리는 입을 영구 봉합시켜 버리고 싶었지만 그냥 참았다.

그 사이에 보건소 직원들이 복도에 들어섰다.

"그렇게 고집을 부리니 알아서 하라고. 대신 일이 잘못되면 다 탁대 씨 책임이야."

유 주임은 그렇게 선을 그었다.

'나숙희는 부뚜막에 올라간 호박씨 전문 고양이다. 그래도 숫처녀라서 기리와의 첫 동침에서 처녀막이 터져 기리의 팬티에 기념물로 피를 묻혀주었다.'

'나숙희의 차로 둘이 같이 출퇴근을 하고 있다. 퇴근 후에는 나숙희의 아파트에서 기리가 자고 갈 때도 있다.'

관련자들은 입을 모아 말했다. 다만 여전히 최초 발설자는 나오지 않았다. 다들 제 꼬리를 물고 빙빙 도는 뱀 우로보로스(Ouroboros)와 같았으니 한 바퀴 돌면 결국 같은 자리로 오고 말았다.

"아니, 그럼 다들 소문만 듣고 소문을 냈단 말인가요?"

보다 못한 탁대가 목청을 높였다. 그러자 그중 어린 조기성의 눈빛이 확 꺾이는 게 보였다.

'걸렸다.'

"다른 분들은 확인서 쓰고 일단 돌아가세요."

집중 공략할 대상을 찾아낸 탁대는 조기성만 남기고 모두 돌려보냈다.

"왜 나는······."

"조기성 씨는 다 알고 있잖아요?"

둘이 남자 탁대는 눈빛을 튕기며 조기성을 다그쳤다.

"내가 뭘요?"

그쯤에서 슬쩍 마음을 읽는 탁대.

'엥?'

독심은 조기성에게도 실패였다. 이 사람, 너무 떠느라 아무 생각도 하고 있지 않았다.

"자꾸 이러시면 경찰에 수사를 의뢰할 겁니다."

탁대는 조기성의 불안을 자극했다. 그러자 우윳빛처럼 하얗게 질린 조기성의 입술이 천천히 열렸다.

"그 자식… 또라이예요."

"예?"

"그 자식요. 기리 자식이 또라이라고요."

"무슨 말씀을 하는 겁니까?"

"그러니까 그 새끼가 정신병자 또라이라고요. 그래서 자기가 한 말을 하나도 기억하지 못하고 있는 거라니까요."

'웅? 이건 또 뭔 소리?'

탁대는 두 눈을 휘둥그레 떴다.

"안기리 그 새끼가 또라이라니까요."

조기성은 한숨을 쉬더니 천천히 말을 이었다.

전말은 이랬다.

소문의 출발은 기리였다. 그가 운전기사 대기실에 들어와 무용담을 늘어놓은 것이다. 그것도 지퍼를 내리고 핏물이 덜 빠진 빤쮸를 꺼내 보이며 말이다.

"나숙희 팀장하고 잤어요."

그 말이 시작이었다. 운전기사들은 처음에는 믿지 않았다. 안기리와 나숙희. 그건 운전기사들이 봐도 안 되는 커플이었다. 더구나 안기리는 정신세계가 살짝 심오해 보이는 사람이었다.

하지만 빤쮸까지 꺼내 보이며 자랑하는 데다 나 팀장의 아파트 동 호수와 층수까지 들이대며 좔좔 읊어대니 반신반의할 수밖에 없었단다.

"그래서 소문을 옮겼다는 겁니까?"

"소문을 옮긴 건 아니고 그 자식이 얼토당토않은 걸 읊어대니까 재미삼아……."

"하지만 본인은 그런 일 없다고 하던데요?"

"그러니까 또라이라는 겁니다. 며칠 동안 줄기차게 떠들어대더니 어느 날부턴가 요즘 말로 쌩까는 거 있잖습니까?"

"자기가 말해놓고 시치미를 뗀다는 겁니까?"

"그렇다니까요. 아주 남의 말하듯 언제 그랬냐는데, 사람 진짜……."

"그런데 왜 솔직히 말하지 않았나요?"

"그게… 아무래도 알려지면 우리도 체면상……."

"그렇다고 다른 사람을 둘러대시면……."

"그거야 우리가 여럿이 같이 들은 관계로……."

사단은 거기가 출발이었다. 안기리는 몇 명이 모인 가운데 썰을 풀었다. 그러니 서로가 서로에게 책임을 미루기 딱 좋은 상황이었다.

"그래서 안기리가 또라이라는 겁니까?"

"뭐 딱히 그래서 그런 것만은 아니고요……."

조기성의 입에서 또 다른 비하인드 스토리가 나왔다.

"전에 그 친구하고 숙직할 때 본 건데요, 그 친구는 정신병자입니다."

"그건 너무 심한 말 같은데요?"

"밤에 잠을 안 자는 데도요?"

"잠을 안 잔다고요?"

"안 잘 뿐만 아니라 순찰한다고 하고는 나가서 온 동네를 다 배회하다 새벽에 이슬 맞고 들어온다고요. 꼭 몽유병 환자처럼……."

새벽이슬 맞은 몽유병 환자.

탁대는 안기리의 이미지와 그 단어를 결합시켜 보았다. 어딘가 텅 빈 듯한 동공과 해사한 피부. 지향이 없는 시선… 거기까지 생각하자 뼈마디에 얼음이 맺혀오는 것 같았다.

"아, 진짜. 내가 괜히 엮여가지고……."

"잠깐만요."

탁대는 다시 수화기를 들었다. 이번에는 박용일을 찾았다. 그 역시 보건소에 근무하고 있었으니 조금은 도움이 될 것도 같았다.

"좀 이상하긴 합니다."

박용일 역시 안기리에 대한 이미지는 좋지 않았다. 평상시 직무를 할 때는 큰 이상이 없지만 생뚱맞은 말을 곧잘 하는 것 같다고 전해왔다.

그 즈음에서 탁대는 상황을 정리했다.

안기리의 상상력. 그게 무한 증폭되며 그의 마음속에 잠재하던 욕망을 착각으로 이끌어낸 모양이었다. 보건소에서 가장 멋진 골드 미스에 속하는 나숙희. 누구나 눈길이 갈 만한 미모의 그녀였으니 안기리라고 쏠리지 않았을 리는 만무했다.

하지만!

탁대의 이런 추리를 증명하려면 한 가지 확인할 게 있었다. 바로 안기리의 정신감정이었다.

"확인서 쓰고 복귀하세요."

탁대는 조기성에게 확인서를 내밀었다.

"저어, 내가 말했다고는……."

"알았습니다. 걱정 마세요."

공무원 사회에도 왕따는 있다. 겉으로는 비리를 척결하고 향응을 없애라고 하지만 어느 조직이 내부고발자를 달가워할까? 그러니 발설자로 찍히고 싶지 않은 마음까지는 이해하고도 남는 탁대였다.

그 다음에 탁대는 선우 팀장과 자리를 마주했다.

"일이 이렇게 된 거라고?"

중간 보고서를 본 선우 팀장이 미간을 찡그렸다.

"안기리 씨의 건강 상태를 확인해야 할 것 같습니다."

"정신감정을 하자는 얘긴가?"

"그게 정답이긴 하지만……."

"어려워. 자칫하다가 외부로 얘기가 흘러나가면 채용 과정을 걸고넘어질 수도 있고 인권 문제가 될 수도 있어. 요즘 할 일 없는 인권위 친구들이 얼마나 눈을 부릅뜨고 건수를 찾으려고 하는 지 자네는 모를 걸세."

"그래서 제가 대안을 마련했습니다."

"뭔가?"

"안기리 씨 부모님을 오시라고 했습니다. 그런 까닭에 팀장님을 모신 거고요."

"지금 오시나?"

"거의 도착하셨을 겁니다."

그때 전화기가 울었다. 맞춤하게도 안기리의 부모님이었다.

선우 팀장이 배석한 가운데 탁대가 에둘러 안기리의 상황을 물었다. 빠쮜 사건의 본질을 말하기는 차마 민망한 까닭이었다.

"우리 기리가 또 사고를 쳤군요?"

탁대의 말이 다 끝나기도 전에 기리의 어머니가 말허리를 누르고 들어왔다. 탁대는 말을 멈추고 귀를 기울였다.

"걔가 조금 이상한 건 사실이에요. 어릴 때는 괜찮았는데 제 누이가 사고로 죽는 걸 본 후로……."

사건은 쉽게 풀렸다. 기리의 부모님이 정신 상태가 온전하지 않음을 인정하고 나선 것이다.

안기리!

그는 정신적으로 살짝 문제가 있었다. 하지만 기관의 전기직은 극히 소수에 속한다. 더구나 보건소 같은 곳은 전기직이 한 명이라 사무실에서도 혼자 일한다. 같이 근무하는 직원이 없으니 큰 문제가 없으면 판단하기 어려운 일이었다.

또 다른 문제는……

설령 약간 문제가 있다고 해도 어쩔 수 없었다. 공무원은 직무상의 불법이 아니면 자르기 어렵다. 건강하던 사람이 정신적으로 약간 문제가 생겨도 자르지 못한다.

내 돈에서 월급 나가는 것도 아니다. 부서장이나 팀장이라고 해도 자를 권한도 없다. 그러니 다른 부서로 갈 때만을 기다리며 함께 동료애(?)를 불태우는 것이다.

"팀장님!"

탁대는 선우 팀장의 처분을 바라며 고개를 들었다.

"자네 생각은 어떤가?"

"일단 부모님께서 병원에 데리고 가서 진단을 받아봤으면 합니다."

"의사 진단에 따라 결정하자?"

"상태가 안 좋으면 휴직해서 치료를 받아야 하지 않겠습니까? 다행히 상태가 좋다면……."

처분을 받아야죠.

탁대의 말줄임표 속에는 그런 의미가 남아 있었다.

"자네 대단하군."

선우 팀장의 경과보고를 받은 도 과장이 너털웃음을 터트렸다.

"별일도 아닌데요, 뭐……."

"아니야. 이 건은 사실 사적인 애정 문제라서 난감했거든. 그런데 명쾌하게 해결책을 찾아냈으니……."

"다 주변에서 도와주신 덕분에……."

"누가 그렇게 많이 도와준 건가?"

도 과장이 물었다. 탁대는 뒤에 선 선우 팀장과 유 주임, 그리고 팔호의 표정을 슬쩍 스캔해 냈다. 셋 중에서 특히 이팔호의 표정이 압권이었다. 그의 얼굴은 똥걸레를 씹다 한 입 삼킨 것처럼 보였다.

"유 주임님과 팀장님이 좋은 조언을 주셨지만 특별히 이팔호가 방향을 잘 잡아주었습니다."

탁대는 팔호를 똑바로 바라보며 대답했다. 팔호의 눈이 휘둥그레지는 게 보였다. 탁대는 찡긋 윙크해 주었다.

찌질한 이팔호.

그와 똑같은 인간이 되고 싶지는 않은 탁대였다.

4장

뒤통수를 맞을까 보냐

탁내는 며칠 정신이 없었다.

우선 환영식과 송별식을 치렀다. 교통과에서는 보내는 사람에게 술잔을 안겼고, 감사실에서는 새로 온 사람에게 술잔을 쥐어주었다.

교통과 송별식에는 백 국장도 참석했다. 그는 소주잔을 든 채은 과장을 질타했다.

"자네는 이런 직원 못 챙기고 뭐 했나?"

삼삼오오 시시덕거리던 분위기가 얼음장으로 변했다. 백 국장의 말이 농담이 아니었기 때문이었다. 은 과장은 금세 사색이 되었다. 딸랑딸랑의 권위자 용 팀장이 끼어들었지만 그것도 통하지 않았다.

그 분위기는 환영식에서도 이어졌다. 느닷없이 시장 김성곽이 참석했기 때문이었다.

"국민영웅 조탁대에게 술 한 잔 주려고 들렀지."

시장은 탁대에게 이슬이를 가득 부어주었다. 황송한 탁대는 원샷을 했다. 봉황시 역사상 9급, 8급의 환영식 때 시장이 참석하는 일은 처음 있는 일이었다.

"도 과장, 조탁대 좀 잘 키우라고."

시장은 과장에게 엄포성 으름장도 놓았다. 서울의 위성도시 중에서도 그리 주목받을 일이 없었던 봉황시. 하지만 탁대가 유치원 아이들을 구함으로써 일약 '청정 공무원의 표상'으로 도약한 까닭이었다.

"감사실에서도 한 건 부탁하네. 애로 사항 있으면 언제든지 내 방으로 찾아오고."

시장은 과분한 공약(?)을 던져주고 외부 행사를 위해 먼저 나갔다.

"허얼~! 이거 조탁대가 오자마자 우리 감사실의 실세구만. 실세……."

구석에서 안주발을 세우던 권 팀장이 반농담 삼아 말했다. 그 말은 다들 웃음으로 넘겼지만 팔호만은 굳은 표정이 펴지지 않았다.

그 외에도 부가적으로 바쁜 일들이 있었다. 각종 잡지사에서 기자가 찾아왔고 외부 강연 요청도 잇따랐다.

시장이 등을 떠미는 까닭에 두 군데 강연을 뛰었다. 봉황시의 위상을 높이는 일이라고 하니 딱히 거부할 수도 없었다.

이어 과분하게도 경기도 공무원 교육원에서도 강의를 하게
되었다. 도지사의 요청을 시장이 받아들인 것이다. 그 자리에는
교육원 원장도 나왔다. 그는 누구보다 따뜻한 미소로 탁대의 손
을 잡아주었다.

딩도로롱도롱!

교육을 끝내고 퇴근할 무렵 혜자에게서 전화가 왔다.

"여보세요."

—오빠, 나야.

"어, 아까 문자했던데 답 못 해서 미안."

탁대는 미안한 마음부터 전했다. 쉬는 시간에도 여러 사람이
몰려와 말을 시키고 인증샷 찍기를 원하는 바람에 그럴 여유가
없었다.

—아니야. 바쁘면 그럴 수도 있지 뭐.

"일 끝났어?"

—응… 나도 퇴근하려고…….

"만날까?"

탁대는 넌지시 데이트를 신청했다. 송별식 때 보고 못 봤으니
벌써 며칠 동안 변변한 대화 한 번 못 나눈 사이였다.

—정말?

"오늘은 사무실에 안 들어가도 되니까 밥이나 먹자."

—알았어. 기다리고 있을게요.

혜자의 목소리는 미미미 파파파 높고 명랑했다. 전화를 끊고 눈을 감으니 혜자 얼굴이 밀물처럼 밀려왔다. 좋아한다는 건 이런 것이다. 눈을 감으면 그가 하나의 세계가 되어 스며드는 것. 눈을 뜨면 세상이 전보다 환해지는 것.

탁대는 환영식이 끝난 밤을 생각했다. 헤어진 직후 혜자의 문자가 날아왔다. 하지만 둘은 따로 만나지 못했다. 황 팀장이 한잔 더를 권하자 탁대가 콜을 날렸기 때문이었다.

그래도 궁금한 건 체크하고 지나갔다. 용 팀장이 먹었던 300만 원이 돌아온 것이다.

"오빠!"

약속 장소로 나가자 혜자가 미리 자리를 잡고서 손을 흔들었다.

"바로 여기로 온 거야?"

탁대는 그녀의 앞에 앉으며 물었다.

"네, 차 안 막혔어요?"

"혜자 씨가 쫙 단속을 해서 그런지 널널하게 달리던데?"

"칫, 국민영웅께서 검찰차까지 단속한다는 기사 때문이 아니고?"

혜자가 가볍게 응수를 해왔다. 기자들은 검찰차량 단속 건도 기사화시켰다. 기사가 되는 것은 무엇이든 끄집어냈다. 그나마 다행인 건 이제는 기자들의 공세가 그쳤다는 것이다. 뭐든 때가 있는 것이니 기자들은 또 다른 관심사를 향해 우르르 몰려가 있었다.

"뭐 먹을까?"

메뉴판을 보며 탁대가 물었다.

밥, 차, 술!

차, 밥, 술!

술, 차, 밥!

데이트는 언제나 정해진 과정이 있다. 이 세 가지가 섞이고 나뉘며 아름다운 하루가 저무는 것이다.

"오늘은 내가 쏠 테니까 오빠 마음대로 시켜요."

"혜자가 무슨 돈이 있다고?"

"나 돈 많아요. 용 팀장님이 돈 게워 냈잖아요."

"다른 말은 안 하고?"

"왜 안 하겠어요? 온갖 생색은 다 내는 거 있죠."

"뭐라고?"

"뭐 자기가 그 돈 쓰려고 받은 게 아니라 내 인간성 좀 보려고 빌렸던 거래. 그거 꼭 기억하라고 그러는 거 있지."

"다른 말은?"

"운 좋은 줄 알라던대요?"

혜자의 말을 듣던 탁대는 피식 웃음이 나왔다. 용 팀장의 허세는 언제쯤 진솔해질까? 곧 죽어도 허풍을 떨고 있으니 가관이 아닐 수 없었다.

"그럼 재계약한 거야?"

"실은 그것 때문에……."

"안 됐어?"

"그게 아니고, 나 그만둘까 생각 중이에요."

"……?"

"이번에 재계약 문제로 생각 좀 해봤는데 무기계약직이 된다고 해도 결국 비정규직이잖아요?"

"……."

"오빠는 공채 출신이고 게다가 큰 공까지 세워서 특채로 진급했으니까 모르겠지만 사실 일하다 보면 기능직이나 별정직, 무기계약직도 은근 무시당하는 분위기가 있더라고요."

"그거야……."

"게다가 주차단속을 민간 위탁한다는 말도 있고……."

혜자는 거기까지 말하고 물을 한 모금 넘겼다. 처음 볼 때는 다 같은 공무원인 줄 알았던 반혜자. 하지만 일반직들 사이에서 느꼈을 보이지 않는 차별을 생각하니 탁대의 코끝이 찡해왔다.

"그래서 나 오빠한테 상담 좀 하려고요."

"말해봐."

"나 공무원 시험 준비하면 합격할 수 있을까요?"

물 잔을 만지작거리던 혜자가 고개를 들며 물었다. 하필이면 그때 아련한 조명이 그녀의 얼굴에 살짝 머물며 깊은 우수를 뿜어냈다. 탁대는 생뚱맞게도 혜자가 다른 날에 비해 예쁘다는 생각이 들었다.

"오빠……."

혜자가 재촉하자 탁대의 살짝 나갔던 정신이 제자리로 돌아왔다.

"나는 찬성!"

탁대는 오른손을 가볍게 세워 보였다.

"진지하게 말해줘요. 나한테는 무지하게 중요한 일이거든요."

"그래서 찬성하는 거야."

"나… 해낼 수 있을까요? 공부에서 손 놓은 지 오래됐는데……."

"그냥 한 번 해보려는 거라면 안 될 테고… 죽기 살기로 하는 거라면 가능할 거야. 게다가 혜자는 눈물 젖은 빵도 먹어봤으니……."

그건 그냥 입에 발린 말이 아니었다. 교통과에서 함께 일할때, 탁대는 혜자의 인내심과 붙임성에 감탄한 적이 많았다. 간과 쓸개를 내놓고 일해야 하는 주정차 단속요원. 그걸 꿋꿋이 해낸 내공이라면 공무원 시험 정도는 붙으리라 믿었던 것이다.

"나… 찌질한 수험생 되어도 만나줄 거예요?"

혜자가 볼을 발그레 붉히며 물었다.

"그럼."

"떨어지고 떨어져서 실패해도?"

"응!"

"오빠……."

혜자의 눈에서 샘물이 글썽거렸다.

"하지만 떨어지지 않을 거야. 혜자는 나보다 거뜬하게 해낼거니까."

"오빠⋯⋯."

그날 밤, 가로등 위로 하얀 눈이 휘날리는 가운데 탁대는 혜자와 첫 키스를 나눴다. 하얀 눈이 차복차복 쌓여가는 걸 보며 탁대는 생각했다.

100 대 1의 정글에 뛰어드는 반혜자.

그녀의 공무원 수험 생활이 흰 눈처럼 축복되기를.

민간위탁업무 조사.

탁대가 첫 기획한 감사 업무는 그것이었다. 최근 들어 민간위탁이 우후죽순으로 늘어났다. 그런데 곰곰이 생각해 보니 그건 공무원이 하던 업무였다. 그런데 사회 분위기를 틈타 전문성이니 효율적이니 하면서 경쟁적으로 민간위탁을 하고 있는 지자체들.

그걸 들여다보니 상당수는 형식적인데다 딱히 전문화라고 보기도 어려웠다. 그 업무를 수행할 자격증을 가진 공무원이 내부에 있었기 때문이다.

민간위탁은 그 한계와 문제점을 많이 내포하고 있었다. 우선 계약 방식도 그랬고 위탁직원 관리와 연봉이 그랬다. 그들은 공무원의 업무를 대행하고 있지만 연봉은 공무원 체계와 달라 위탁업체가 바뀔 때마다 진정서가 접수되는 등 부작용이 잇따르고 있었다.

"이건 아직 시기가 아니야."

탁대의 첫 기안은 권 팀장이 잘라 버렸다.

두 번째로 올린 건 계약직 관리 상황에 관한 건이었다. 그건 선우 팀장이 반려했다.

'그럼 대체 뭘 하라는 거야?'

한숨이 절로 나왔다. 보아하니 감사에도 입맛이나 취향이 있는 모양이었다. 그래도 한가로운 건 공익 조수윤뿐이다. 투서 몇 통 올라온 것과 건의함에서 나온 의견서 몇 장 정리하는데 한나절로도 모자란다. 조수윤 역시 탁대의 눈에는 곱게 보이지 않았다. 괜한 반감이 아니었다. 이 인간은 오직 권 팀장과 강 주임의 말에만 복종할 뿐 다른 사람들 말은 걸핏하면 씹어버리기 때문이었다.

아침에도 그랬다.

"야, 오늘 들어온 거 뭐냐?"

탁대가 묻자,

"……"

간단하게 침묵으로 외면하는 공익.

"이것 좀 총무과에 가져다주고 와."

하고 시키면,

"권 팀장님이 이거 먼저 하랬어요."

하며 콧방귀만 뀌어댄다. 그래도 이놈이 풀칠 하나는 기가 막히게 한다. 권 팀장에게 올라가는 간부급에 대한 진정서나 투서. 그건 난공불락이라 할 정도로 봉해져 있었다. 슬쩍 투시를 걸어보지만 글씨가 작고 서류가 겹쳐 해골만 아파왔다.

머리에 살짝 지진이 느껴질 때 부시장실에 다녀온 도 과장이

과 전체에 오더를 내렸다.

근무기강 감찰!

근래에 느슨해진 근무기강 확립 차원이란다.

복무 점검.

이 점검은 합동 점검으로 총무과의 지원을 받아 2인 1조로 복무태도 점검을 나가는 것이었다.

"노장무, 의회!"

"이팔호, 상하수도 사업소!"

"양미림, 농업기술센터!"

"금기열, 봉황읍!"

"조탁대……."

각각의 점검 기관을 알려주던 주무팀장 권해관이 잠시 숨을 멈췄다가 말을 이었다.

"보건소!"

'보건소?'

탁대는 미간을 좁혔다. 성추문 사건으로 익숙해진 곳이었기에 낯설다는 생각은 들지 않았다.

"총무과 지원 명단은 곧 들어올 테니까 짝을 정해서 차질 없도록 수행하도록."

"네!"

대답은 점검을 나가는 직원들이 동시에 했다.

핸드폰에 스케줄을 입력한 탁대는 총무과에서 들어온 명단을 확인하다 눈이 휘둥그레졌다.

'노수애?'

명단 위에서 아는 이름이 반짝거렸다. 게다가 그녀는 탁대의 짝으로 정해져 있었다. 괜히 반가운 마음에 기분이 좋아진 탁대. 화장실 가는 길에 총무과에 들러 수애를 만났다.

"어머, 탁대 오빠!"

"너 내일 복무 점검 지원조지?"

"네. 오빠도 나가요?"

"어이구, 너랑 나랑 짝이더라."

"정말요?"

"우린 보건소니까 거기서 8시 반에 만나자."

"알았어요."

수애도 탁대와 짝이 된 게 반가운지 연신 웃음을 그치지 않았다. 총무과에서 나온 탁대는 화장실로 향했다. 안에는 아무도 없었다. 탁대가 소변기로 다가설 때 화장실 안에서 벨이 울렸다. 누군가 큰 걸 보는 모양이었다.

"문자 보냈는데 뭣 하러 전화하셨어요?"

안에서 소곤소곤 새어 나오는 목소리. 그건 팔호의 것이었다.

'이팔호?'

"문자대로예요. 내일 아침이니까 그런 줄 아세요."

탁대는 막 열리려던 물줄기를 참으며 귀를 기울였다.

"뭐 서로 돕고 살아야죠. 나중에 봬요."

헐~!

탁대는 감이 왔다.

단속정보 사전누설.

방송에서 자주 보던 공무원의 비리. 단속 대상자에게 미리 정보를 주고 단속을 나가 별 실효도 없는 단속을 한다는 현장을 체험한 것이다.

탁대는 자리로 돌아와 시치미를 떼고 앉았다. 잠시 후에 들어선 팔호는 핸드폰을 서랍에 넣고는 느긋한 얼굴로 진정서를 펼쳤다.

"이팔호, 도로과 도로점유 진정서 들어온 거 어떻게 진행되고 있나?"

얼마가 지나자 도 과장이 팔호를 불렀다.

"실사 마치고 석 팀장님께 해명서 올리라고 통보했습니다."

"지금 가서 받아와. 시의원께서 진척 상황을 알려달라는군."

"네!"

과장의 명이 떨어지자 팔호는 팔랑팔랑 사무실을 나갔다. 기회다 싶은 탁대가 슬쩍 주변을 살펴본 후에 팔호의 서랍을 열었다. 핸드폰의 패턴 풀기는 별로 어렵지 않았다. Z자로 푸는 걸 우연히 본 까닭이었다. 통화 기록을 보니 이름이 나왔다.

이진구.

탁대는 상하수도사업소의 직원 명단을 열었다.

'여기 있군.'

이진구는 상하수도사업소의 7급이었다. 그러니까 탁대가 추측한 것처럼 내일 있을 복무 점검을 사전에 누설한 게 틀림없었다. 탁대는 서류에 열중하는 도 과장을 바라보았다. 선우 팀장도 슬쩍 보았다. 하지만 이내 고개를 저었다.

탁대는 아직 감사실의 분위기를 모른다. 그러니 이만한 일로 문제를 제기해 분란을 만드는 건 옳지 않다고 판단했다.

'이놈이 진짜 못된 것만 배웠군.'

핸드폰을 제자리에 넣어둔 탁대는 다음을 기약했다. 사실 서두를 일은 없었다. 이제는 바로 옆자리에 위치한 탁대. 그러니 팔호의 비리 꼬리를 잡는 건 시간문제일 뿐이었다.

느긋하게 마음을 먹은 탁대는 컴퓨터에 저장된 감사실의 자료를 열람했다. 팀장급 이상의 업무는 패스워드로 막혀 있지만 볼 수 있는 것도 많았다.

몇 건의 사례를 보는 동안 선우 팀장이 전화를 받고 사무실을 나갔다. 뒤에서 불쑥 음료가 디밀어진 것은 그때였다. 출장을 나갔던 하채린이 돌아오면서 오렌지 주스를 사온 것이다.

"조사팀은 다들 어디 갔어요?"

세 잔의 음료를 내려놓으며 그녀가 물었다.

"팔호는 도로과에 갔고 선우 팀장님은 전화받고 나갔는데……."

탁대는 24살의 하채린에게 하대를 했다. 그건 환영식에서 그녀가 원한 일이었다. 그녀 역시 탁대보다 공무원 경력은 선배지만 나이가 어리니 반말을 하라고 전해왔었다.

팔호 책상에 하나를 놓은 탁대는 선우 팀장 책상에 남은 한 잔을 놓았다. 하지만 팔이 의자 모서리에 걸리면서 음료수가 쏟아지고 말았다.

'젠장!'

탁대는 휴지를 찾아 책상을 닦았다. 다행히 결재판도 겉만 젖는 통에 큰 불상사는 일어나지 않았다.

'응?'

휴지를 선우 팀장의 쓰레기통에 버리려던 탁대는 들었던 팔을 멈췄다. 그 안에 구겨진 종이 뭉치에서 용석봉이라는 이름이 보였기 때문이었다. 탁대는 그걸 얼른 꺼내 들었다.

자리로 돌아온 탁대를 구겨진 종이를 펴들었다.

"......?"

탁대는 살구만 해진 눈을 움직이지 못했다. 워드로 쓰여진 그 종이의 정체는 용석봉에 대한 투서였다.

그것도 자그마치 두 건이었다.

금품 요구 및 향응 요청.

고위직에게 뇌물성 고액선물 제공.

전자는 한 업자가 익명으로 투서한 내용이고 후자 역시 익명으로 공무원이 아닌 제3자가 소문을 듣고 정의감이 발동해 투서한 형식을 취하고 있었다.

'이건 공무원이 쓴 거야.'

탁대는 그렇게 결론을 내렸다. 3자의 시각을 취하고 있지만 뇌물성 선물에 대해 구체적인 정보를 인지하고 있는 것처럼 보였다.

오래지 않아 선우 팀장이 돌아왔다. 이팔호도 돌아왔다. 탁대는 시치미를 떼고 내일 있을 불시 복무 점검에 대해 팔호에게 물었다.

"노하우 같은 거 없냐?"

"나가보면 알 겁니다."

팔호의 대답은 간단했다.

"다들 주목!"

퇴근 시간 직전에 도 과장이 팩스를 받아 들고 사무실을 호령했다. 직원들은 물론, 고참 팀장까지도 일손을 멈추고 과장을 주목했다. 건성으로 움직이던 교통과의 분위기와는 달랐다.

"곧 감사원하고 총리실에서 암행 감사가 있을 거라는군. 불미스러운 꼬투리 잡히지 않도록 직원들 근무기강 철저히 확립할 수 있도록 내일 불시 점검에 만전을 기하도록!"

"네!"

대답하는 일동의 목소리는 제법 군기까지 깃들었다.

'확실히 분위기부터 다르군.'

탁대는 살짝 긴장감을 유지했다.

"그리고 이건 노파심인데… 행여 외부에 불시점검을 발설한 사람은 없겠지?"

도 과장의 목소리가 끝나기 전에 탁대는 팔호를 바라보았다. 팔호의 미간은 티끌의 동요도 보이지 않았다. 보아하니 뻔뻔의 달인 수준에 도달한 모양이었다.

"그럼 다들 업무 마무리하고 퇴근하도록."

도 과장은 그 말을 끝으로 사무실을 나갔다.

좋았다.

교통과의 은 과장은 먼저 출근하고 늦게 퇴근하는 스타일. 본인은 그걸 두고 직장인의 기본이자 과장의 능력처럼 말하지만 아랫사람으로서는 참 피곤한 일이었다. 더구나 일도 없이 빈둥거리면서 말이다.

하지만 도 과장은 달라 보였다. 그는 특별한 일이 아니면 8시 40분쯤 출근해서 7시가 가까우면 퇴근했다.

공무원도 사람이다.

공무원도 직장 생활이다.

세상의 모든 직장인은 상사가 없으면 괜히 편한 마음이 든다.

그러니 시청 공무원이라고 예외일 건 없었다.

"그만 가지?"

주무팀장인 권해관도 이겸수 팀장과 함께 일어섰다. 하지만 선우 팀장은 미동도 하지 않았다.

"팀장님, 저는 시간외 근무 점검하고 들어가 보겠습니다."

팔호도 가방을 챙겼다.

"어, 그래."

선우 팀장의 허락이 떨어지자 팔호는 낮은 휘파람을 불며 나갔다.

'진짜 정 떨어지는 놈이라니까.'

탁대는 고개를 저었다. 탁대와 팔호는 동기다. 비록 탁대가 특진을 했다지만 9급 임용을 같이 받은 사이. 그런 처지에 한 부서에 근무하게 되었으니 마음에 없더라고 살갑게 나올 법도 하건만 팔호는 도무지 찬바람만 흘리고 다니는 것이다.

"탁대 씨도 별일 없으면 들어가."

선우 팀장이 자판을 두드리며 말했다. 단 둘이 남은 감사실. 모든 자리가 휑하니 드러났지만 탁대 마음은 그렇지 못했다.

용석봉!

궁금했다.

그가 혜자를 등쳐 먹어서 그런 게 아니었다.

"팀장님!"

탁대가 나지막이 부르자 선우 팀장이 고개를 들었다.

"왜?"

"황 팀장님, 혹시 잘 아세요?"

탁대는 변죽을 울리기로 작정하고 말꼬리를 이었다.

"황천수는 왜?"

"같이 근무하면서 느낀 건데 좀 대하기 어려운 것 같아서요. 과장님에게도 까칠하고……."

"그렇겠지. 제 잘난 맛에 사는 사람들이니까."

"용 팀장님하고 소 팀장님은 안 그렇던데……."

탁대는 그쯤에서 슬쩍 용 팀장을 끼워 넣었다.

"용석봉이야 원만하기로 소문난 사람인데 어디다 비교를 하나? 따지고 보면 자네 특진도 그 친구가 만들어낸 거야."

"그런가요?"

"과정이야 어찌됐든 자네를 교통과로 이끈 게 용석봉이었네."

"아!"

"미리 말하는데 아무튼 감사실로 왔으니 황천수 일파와는 가까이 않는 게 좋을 거야. 그 친구들 언젠가는 차곡차곡 털어줄 거니까."

"턴다고요?"

"모난 돌이 정 맞는 법이야. 이 사람아!"

선우 팀장은 그걸로 말을 맺었다.

'이 사람은 용 팀장 편이다.'

탁대는 선우 팀장의 속내를 간파할 수 있었다. 그렇다면 용 팀장에 대한 투서를 쓰레기통에 버린 건 의도적이라는 뜻이었다.

'도 과장님도 용인한 일인가?'

시청의 권력부서로 불리는 감사실. 알지 못할 역학 관계가 궁금해졌다.

사실 누구든 깨끗하게 근무하면 감사실이든 감사원이든 겁날 게 없다. 하지만 눈을 굴리다 보면 검불이 손에 묻는 법. 더구나 인허가나 예산 집행, 구매 등의 업무를 수행하다 보면 크고 작은 부작용이 생기게 되어 있다.

이게 중요한 건 승진 때문이었다.

감사실에서 경고나 주의, 훈계 조치만 받아도 승진에 영향을 미칠 수 있다. 실제로 그 영향이 큰 건 아니지만 공무원들은 몸서리치도록 질색하는 일들.

거기까지 생각하니 팔호의 전횡도 이해가 되었다. 자신의 이

력에 흠이 남기를 원치 않는 공무원이 많을수록 팔호는 누릴 게 많아지는 것이다.

하지만! 이제 그 일은 팔호만의 것이 아니었다. 탁대 역시 감사실의 일원이 된 것이다.

잠시 내려앉은 침묵 속에서 용 팀장에 관한 일들이 거미줄처럼 퍼져 갔다.

은 과장에 대한 아부성 선물 공세.

반혜자에게 계약직 연장 건으로 금품요구.

CCTV 업자들에게 받은 봉투.

은 과장 책상에서 보았던 금팔찌······.

뇌물의 경계는 모호할 때가 있다. 고래로 크고 작은 일에 소박한 정성나누기가 있었으니 자칫하면 야박하다거나 정이 없다는 말을 들을 수도 있는 것이다.

하지만!

용 팀장이 CCTV 업자에게 받은 봉투와 반혜자에게 요구한 금품은 누가 보아도 비리를 의심하기에 충분했다. 그것도 고작 몇 달 같이 근무한 탁대가 느낀 것. 제 버릇 개 못 준다고 인간성이 그렇다면 그동안 고속 승진의 과정까지도 의심스럽기 그지없었다.

비호!

마지막으로 그 단어가 탁대의 뇌리를 스쳐 갔다. 수없이 쌓여 가는 투서와 진정. 결국 사안, 사안을 심사해서 조사를 결정해야 했으니 누군가 비호하고 있다면 문제없이 넘어갈 가능성도 높았다.

'이건 간단히 접근할 문제가 아니다.'

탁대는 신중하게 생각하기로 마음먹었다. 자칫 잘못 건드렸다간 오히려 덤터기를 쓸 판이었다. 더구나 가장 친하다고 할 수 있는 이팔호까지도 완전 각을 세운 적이 아닌가?

*　　　*　　　*

봉황시 보건소.

시청에서 조금 떨어진 보건소는 아담했다. 탁대도 보건소와는 구면이었다.

보건증, 그것 때문이었다.

알바를 할 때였다. 주인은 보건증이라는 걸 요구했다. 탁대는 멋모르고 보건소로 향했다. 하지만 병리검사실 직원이 내민 면봉 때문에 멘붕에 빠졌다.

"이걸 어디다 넣으라고요?"

"똥꼬요."

"네?"

"똥꼬에 넣었다가 빼서 가져오세요."

하얀 가운에 긴 생머리를 했던 보건소 공무원. 그녀가 내민 면봉은 볼펜만 한 길이였다.

'헐~!'

똥꼬에 넣을 생각을 하니 면봉이 손오공의 여의봉만 하게 보였다. 어이상실. 자유의 나라 대한민국에서, 그것도 벌건 대낮에 이럴 수 있을까?

있었다.

탁대 뒤에 들어온 예쁜 여대생도 아무 말 없이 받아 들고 밀실(?)로 들어갔기 때문이다. 잠시 후에 나온 그녀는 아무렇지도 않은 듯 면봉을 직원에게 넘기고 나갔다.

'우워워어!'

탁대 역시 별수 없이 밀실로 들어가 빤쮸를 내렸다. 안 들어갔다. 외부의 이물질에 대해 완벽하게 면역 내지는 방어시스템을 가동한 똥꼬는 여간해서 열리지 않았다. 그러다 겨우 그것이 똥꼬 안으로 들어갔을 때의 느낌이란!

"……!"

탁대는 요상망측한 느낌에 숨도 제대로 쉬지 못했다. 살며시 꺼낸 면봉에는 거시기가 제법 적나라하게 묻어 있었다.

'그때 참 만정이 다 떨어졌었지.'

탁대는 그쯤에서 회상에서 깨어났다. 시야에 수애가 들어온 것이다.

"오빠!"

"일찍 왔냐?"

"금방 왔어요."

"준비는?"

"오빠가 알아서 하는 거 아니에요? 나는 지원이니까……."

"좀 떨리지 않냐?"

"그렇긴 해요. 맨날 피감시자에서 감시자 입장이 되니까 묘해요."

"아무튼 잘해보자."

탁대는 손바닥을 내밀었다.

짝! 수애는 멋진 스윙으로 상큼한 마찰음을 만들었다.

복무 점검.

원래 감사실은 정기적으로 출근 점검을 했었다. 하지만 지문인식 시스템이 도입되면서 출근 점검은 많이 줄었다. 그대신 늘어난 게 복무 점검과 암행 점검이다.

탁대와 수애는 마침내 보건소 현관에 들어섰다.

"어서 오십시오."

현관 안내는 공익이 맡고 있었다. 교통과 무적공익에게 질린 탁대는 공익에 대해 그다지 좋은 감정은 갖고 있지 않았다. 하지만 보건소 공익은 그래도 싸가지가 있어 보였다.

탁대는 수애를 남겨두고 3층 보건행정과로 향했다. 그 사이에 1층과 2층은 수애가 점검할 예정이었다.

"아이고, 국민영웅 조탁대 씨!"

행정과 문을 열자 보건행정 주무팀장이 먼저 알고 부산을 떨었다.

"수고 많으십니다. 감사실에서 복무 점검차 나왔습니다."

탁대는 공손히 용무부터 밝혔다.

"감사실? 아, 참. 특진해서 감사실로 옮겨갔다지? 일단 여기 앉아요."

팀장은 탁대의 어깨를 당기며 자리를 권했다.

"그보다 직원 명부하고 근무상황표를 좀 보여주시죠."

"알았으니까 일단 앉아. 우리 과에 처음일 텐데 차라도 한 잔
하고 시작하자고. 거기 권해관이 잘 있지?"

팀장은 감사실의 주무팀장을 들먹거리며 친분을 과시했다.

"팀장님은 공무원증부터 패용해 주시죠."

탁대는 일단 업무에 충실했다. 근무 중에 공무원증을 패용하
는 건 기본이었다.

"아, 그거? 방금 화장실 가느라고 잠깐 떼어놨는데… 어이, 이
주임. 내 쭝 좀 가져와."

팀장은 옆 자리의 주임을 향해 소리쳤다.

잠시 후에 수애가 올라왔다. 그녀는 탁대를 향해 슬쩍 고개를
저었다. 위반 사항이나 단속 사항이 없다는 뜻이었다.

퍼펙트!

보건소의 근무 상황은 완벽했다. 사소한 게시물의 정리부터
공무원증 패용, 정위치 근무, 나아가 근무 상황에도 하자가 전
혀 보이지 않았다.

탁대는 출퇴근 시스템까지 점검했다. 거기도 지각자는 없었
다. 가장 늦게 도착한 사람이 8시 46분이었으니 나무랄 데가 없
는 근무 상황이었다.

비상근무체제와 직원의 편성, 하다못해 청소 상황이나 홍보
대 홍보물 비치까지 양호했다.

"어떠신가? 우린 나름대로 열심히 하고 있는데……."

"하자가 하나도 없네요. 분위기도 좋고… 완벽합니다."

탁대는 흔쾌히 대답했다. 없는 흠을 괜히 만들어낼 생각은 아예 없었다.

"우리 보건소가 이렇다니까. 시청에는 우리가 설렁설렁 일하는 줄 알지만 여기만큼 제대로 근무 기강이 확립된 곳도 없지. 소장님 이하 직원들이 일치단결 봉사 정신으로 똘똘 뭉쳐 있으니까."

팀장은 보란 듯이 떠들었다. 목소리가 다소 높았지만 일을 잘하는 자신감이니 딱히 귀에 거슬리지도 않았다.

행정 팀장이 전화를 받는 사이에 수애가 슬쩍 말을 건네 왔다.

"그만 가도 되지 않겠어요?"

"그럴까?"

점검서류 작성을 마친 탁대는 흐트러진 보건소 직원명단표를 가지런히 챙겼다. 그때였다. 한 이름이 탁대의 눈을 박차고 들어왔다.

이진구!

'이진구?'

낯설지만 낯설지 않은 이름. 탁대는 이진구의 직급을 확인했다. 행정 7급. 동시에 이팔호의 입에서 튀어나왔던 그 이름이 뇌리를 꿰뚫고 지나갔다.

'이제 보니 그 이진구가 상하수도사업소 이진구가 아니라 이 이진구?

뭔가 이상한 생각이 든 탁대가 행정과 직원을 목에서 대롱거리는 공무원증을 스캔하기 시작했다.

'이 사람이다.'

보건소의 이진구가 눈에 들어왔다. 아까 행정팀장에게 공무원증을 던져준 그 사람이었다.

"이진구 주사님!"

탁대는 또렷한 음성으로 이진구를 불렀다. 업무에 열중하는 척하던 이진구가 천천히 고개를 들었다.

5장
스페셜 오퍼!

"어제 팔호랑 통화하셨죠?"

"그, 그런데요."

대뜸 날아든 질문에 이진구는 어중간하게 대답했다.

"안부 좀 전해주라더군요."

탁대는 슬쩍 미소를 던지며 이진구의 경계심을 녹여냈다.

"아, 그래요. 그 친구 참, 들어가면 강 주임한테도 안부 좀 전해주세요. 내가 조만간에 원수 갚으러 간다고."

'강 주임이라면 강덕길 주무주임?'

이진구가 뿌듯한 얼굴로 토해낸 또 하나의 이름 강덕길.

"강 주임님하고도 아시나요?"

"그럼. 옛날에 민원실 근무할 때 같이 근무했거든."

분위기를 헐렁하게 풀어놓자 이진구의 입에서 반말이 새어 나왔다.

　—자식, 강덕길 이름 파니까 금세 쪼네.

　—얌마, 니가 감사실이면 감사실이지 어디서 똥폼이야?

　탁대는 이진구의 오만한 마음을 읽었다. 까불면 한 방에 훅 간다. 그의 내심은 그랬다.

　'오냐, 누가 갈지는 모르지만 맛은 보여주마.

　이진구가 커피를 마시는 순간, 탁대는 순간접착 마법을 발현 시켰다.

　"……!"

　뜨거운 커피를 입에 가득 문 이진구. 본능적으로 뱉으려하지 만 붙은 입이 열릴 리 없다. 이진구는 즉빵 머리카락이 솟구쳐 올랐다. 탁대는 모른 척 수애와 함께 행정과 사무실을 나왔다. 이진구의 비명은 그 다음에 들렸다.

　"크아악, 뜨거워!"

　입천장을 하얗게 데인 이진구는 입을 잡고 펄펄 뛰었다.

　"애들이에요? 뜨거운 커피를 그렇게 마시게?"

　옆 자리의 여직원이 핀잔을 주는 소리는 참기름처럼 고소하 게 들렸다.

　'이진구 선배님, 잔머리 굴린 대가랍니다.'

　탁대는 돌아오는 수애를 데리고 1층 계단참으로 내려섰다. 그때였다. 동기 중 하나인 권현지가 올라오는 게 보였다. 잡포 의 하나이자 이팔호 라인의 권현지. 그녀는 다른 간호사와 함께

였다.

"수애 씨, 탁대 씨!"

현지는 반가운 듯 손을 흔들었다.

"권샘, 나 먼저 갈게."

옆에 있던 간호사가 자리를 비켜주었다. 나중에 안 알이지만 보건소의 간호사들은 서로의 호칭을 선생님으로 부르고 있었다. 권 선생님, 이 선생님을 줄여서 그냥 권샘, 이샘이었다.

"업무 다 끝났어요?"

현지가 탁대를 돌아보았다.

"응."

"그럼 이리 와요. 그래도 동기가 출동했는데 커피 한 잔은 쏴서 보내야지."

막무가내로 당기는 바람에 현지를 따라 민원대기실로 내려온 탁대와 수애. 현지는 지폐를 넣더니 커피를 세 잔 거푸 눌러댔다.

"마셔요! 국민영웅 조탁대 씨. 그리고 수애 씨도."

"고마워."

대표로 대답한 탁대가 커피잔을 받아 들었다.

잡포… 이팔호, 권현지, 김애숙, 성기갑.

사실 팔호를 제외하면 특별한 감정은 없었다. 그들이 팔호와 자주 어울리는 건 사실이지만 그렇다고 팔호처럼 대놓고 깐죽거리는 일은 없었기 때문이었다.

하지만!

동기를 만났다는 편안한 마음으로 커피를 홀짝이던 탁대는 현지의 다음 말에 숨이 멎고 말았다.

"실은 어젯밤에 팔호 씨가 슬쩍 문자 줬어요. 오늘 감사실이 뜰 거라고."

"……?"

"어우, 이런 점검 꼭 해야 해요? 괜히 지은 죄도 없이 위축되더라."

현지의 얼굴에서 잘난 팔호 덕에 정보를 선점했다는 자부심이 엿보였다.

"그래서 보건소가 걸리는 게 없구나?"

넌지시 현지를 떠보는 탁대.

"내가 우리 방 사람에게는 좀 흘렸죠. 그런데 알고 보니 다른 분도 대부분 알고 있더라고요."

'엥?'

"아무튼 앞으로도 잘 부탁해요."

현지의 인사를 뒤로 하고 탁대와 수애는 보건소를 나섰다.

"이러면 안 되는 거 아니에요?"

정원수로 담장을 대신한 문을 나서며 수애가 물었다.

"그렇지?"

"아니, 아는 건 아는 거고 업무는 업무지 불시 복무 점검을 미리 흘려놓으면 무슨 의미가 있겠어요?"

"그것도 그렇고……."

"팔호 씨는 진짜 비호감이에요. 몇 명에게만 정보 알려주면 금세 전 직원이 알게 되는 거 모르나?"

"그 친구는 모르나 보지."

탁대는 빙그레 웃으며 대답했다.

"오빠, 그런 게 아니잖아요? 나도 좋은 게 좋다는 쪽이지만 이건……."

"아무튼 보건소는 업무에 만전을 기하고 있으니 좋은 거 아니냐? 좋게 생각하자."

탁대는 속내를 엿보이지 않았다. 수애 역시 이팔호에게 좋은 감정을 갖고 있는 게 아닌 건 알고 있었다. 하지만 이런 기회에 편승해서 팔호를 뭉개고 싶지 않았다.

'그놈은 아주 제대로 뭉개야 하니까. 차근차근…….'

탁대는 수애 몰래 주먹을 불끈 쥐었다.

"상하수도사업소 점검 결과입니다."

점검을 끝내고 돌아온 직원들이 회의 테이블에 앉아 보고를 시작했다. 도 과장과 권 팀장이 배석한 가운데 팔호의 차례가 돌아왔다.

"지각 4명에 병가 없이 무단결근 직원 하나, 공무원증 패용 위반 12명, 기타 출장 관리와 근무위치위반자가 각각 3명씩 적발되었습니다."

"이팔호는 언제나 실적이 좋군."

듣고 있던 도 과장이 고개를 끄덕거렸다.

"다음은 조탁대 씨."

권 팀장이 탁대를 호명했다. 탁대는 자리에서 일어나 숨결을 가다듬었다.

"보건소 위반사항 적발 없습니다. 출결관리와 근무상태 모두 양호합니다."

탁대는 단 한 줄로 보고를 끝냈다. 옆에 있던 팔호가 쿡 하고 웃음을 참는 것과 동시에 과장과 권 팀장의 시선이 쏠려왔다.

"한 건도 없다고?"

도 과장이 물었다.

"예."

"그건 좀 의아하군. 사소한 위반도 없다는 건 예외적인데?"

도 과장은 탁대에게 꽂힌 시선을 거두지 않았다.

"자네, 제대로 한 건가?"

권 팀장의 눈빛이 가세했다.

"성심껏 점검했습니다만 그랬습니다. 마치 미리 정보를 빼내서 대비라도 한 것처럼 완벽하더군요."

"······!"

탁대의 말에 웃음을 참고 있던 팔호의 눈빛이 하얗게 변했다.

"그건 무슨 뜻이지?"

과장이 깍지를 끼며 물었다.

"별 뜻 없습니다. 눈을 씻고 봐도 흠이 없다는 것밖에······."

그러면서 다시 팔호를 돌아보는 탁대.

"설마 봐주거나 그런 건 아니겠지?"

권 팀장의 시선이 탁대를 쏘아보았다.

"죄송하지만 저는 첫 점검이라 봐주는 게 뭔지도 잘 모릅니다."

탁대는 공손하게, 그러나 당당하게 입장을 밝혔다.

"권 팀장 말은 좀 오버고… 하지만 조탁대가 처음이라 간과한 부분이 있을 지도 모르니 점검실적이 좋은 이팔호가 이것저것 노하우를 알려주도록 하고 여기까지 하자고!"

간부 회의가 예정된 도 과장은 그 말을 끝으로 자리를 털고 일어섰다.

"존경하옵는 이팔호 감사실 선배님!"

권 팀장까지 자리로 돌아가자 탁대는 일어나려는 팔호의 손을 잡았다.

"……?"

"과장님 말 못 들었어? 내 업무 지도 좀 하랬잖아?"

탁대는 낮은 저음으로, 그러나 완고하게 팔호를 바라보았다.

"모르는 게 뭔데요?"

"에브리띵!"

"지금 장난해요?"

"절대 장난 아니거든. 그러니까 비밀경찰처럼 쪽쪽 적발 사항 뽑아내는 비기 좀 공유하자."

탁대는 팔호의 손목을 놓지 않았다. 팔호는 까칠한 표정이었지만 도 과장의 지시라는 탁대의 말을 완전히 무시할 수는 없었다.

"자, 기왕이면 마시면서 부드럽게 하자고. 선배님이자 동기

님이자 내 밑인 이팔호 서기보님!'

탁대는 회의실 문을 닫은 후에 커피 두 잔을 내려놓았다. 텅 빈 회의실에 둘이 있게 되자 팔호의 얼굴에서는 긴장감이 엿보였다.

"됐으니까 궁금한 거나 말하세요. 기능직 비리 조사 나가야 하거든요."

"거기 나도 좀 같이 가면 안 될까?"

"진짜 장난합니까?"

슬쩍 약이 오른 팔호가 목청을 높였다.

"장난은 네가 먼저 했잖아?"

탁대는 커피를 들고 창틀 턱에 엉덩이를 걸쳤다. 그런 다음에 커피 한 모금을 홀짝 빨아들였다. 무소의 뿔처럼 당당하게.

'느긋하게 놀아주마.'

"무슨 소리예요?"

팔호는 팔색조답게 시치미를 뚝 떼고 탁대를 노려보았다.

"이진구!"

"......?'

탁대 입에서 이름 하나가 튀어나오자 팔호는 바로 눈빛이 팍 꺾였다.

"그, 그게 뭐요?"

"네가 장난쳤잖아? 조탁대가 내일 복무 점검 나가니까 미리 정보 뿌려서 대비하라고."

"증거 있어요?"

"네 폰!"

"내 폰이 어쨌게요?"

"전화했으면서 왜 이러시나? 아니지. 한두 명에게 한 게 아니라 기억하지 못하실 수도……."

"헐~! 일은 개판으로 하고 와서 남 핑계 대기는……."

"개판?"

"아니면요? 국민영웅으로 불리고 특진하면 이래도 되는 겁니까?"

팔호가 각을 세우며 물었다.

"배 아프냐?"

"그렇다면요?"

"하긴 쥐꼬리만 한 감사실 특권이나 누리면서 향응이나 기웃거리는 너한테 뭘 기대하겠냐?"

"말조심해요."

"내가 왜?"

"아무리 8급이 되었다고 해도 감사실에서는 내가 고참이에요. 나도 여기서 밤낮으로 뛰어서 인맥 만들 만큼 만들어 놨거든요."

팔호의 허세가 부풀어지기 시작했다.

"그렇겠지. 그렇지 않고야 네가 뭘 믿고 안하무인이 되었겠냐? 강자 앞에선 빌빌거리고 약자 앞에서 갈기를 세우려면 그 정도 백그라운드 공사는 했을 걸로 생각했다."

"알았으면 서로 영역 건드리지 말고 가자고요. 솔직히 탁대 씨 엿 먹이려면 방법은 무궁무진하거든요."

"그 물 벌써 두 번째 아니었나?"

"남은 물은 더 많지요."

팔호의 얼굴에서 본능적인 방어 레이저가 뿜어져 나왔다.

"너 원래 그렇게 잔머리 잘 굴리고 약삭빠르냐?"

"남이야!"

시큰둥하게 대꾸하고 돌아서는 팔호. 탁대는 더 참지 못하고 팔호를 돌려세운 다음에 멱살을 거머쥐고 벽에 밀어붙였다.

"이팔호!"

"왜 이래요?"

팔호는 버둥거렸지만 유리한 자세를 점한 탁대의 손아귀에서 벗어날 수 없었다.

순간접착!

그게 벽에 붙은 팔호의 등짝을 잡고 놓아주지 않았다.

"C8, 이거 왜 이래?"

팔호는 이리저리 뒤척여 보지만 결과는 마찬가지였다. 허둥대는 꼬라지에 탁대의 눈길이 꽂혀있다. 팔호는 어쩐지 등골이 오싹해지는 느낌에 맥이 풀렸다.

"경고하는데!"

탁대는 팔호의 미간까지 눈을 들이밀며 말을 이었다.

"똑바로 살아라. 산전수전 다 겪은 고참들이 요령만 부리면서 느끼하게 근무하는 것도 닭살인데 신삥이인 너까지 그러면 오죽하겠냐? 나는 말이야 풀잎에 이슬만 먹고 살자는 거 아니다. 월급 나오잖아? 너도 분명 공무원만 시켜주면 그야말로 분골쇄신 일하고 싶었을 거 아닌가?"

"닥쳐!"

"실권 좀 있는 사람들에겐 딸랑거리고 힘없는 찬밥 부서 직원들 뒤통수치는 거 다 알고 있어. 심지어는 기능직들 비리를 잡고 그걸 빌미로 향응에 접대까지 받고 있는 것도……."

정곡을 찔린 팔호가 몸부림을 쳤다. 하지만 그는 팔호에게 어떤 힘도 전하지 못했다.

"우리는 좀 인간답게 살자. 왕고참의 못된 꼴을 신입인 네가 쏙 빼닮으면 좀 슬픈 일 아니냐?"

"……."

"내가 진심으로 경고하는데 앞으로 허튼짓하다가 나한테 걸리면 그때는 죽는다."

탁대는 경고와 함께 슬쩍 접착 마법을 풀어주고 돌아섰다.

"잠깐만!"

팔호의 목소리가 문 앞에 다다른 탁대를 세웠다.

"나도 한마디하죠."

비틀거리던 걸음을 바로 세운 팔호가 탁대를 노려보며 말꼬리를 물었다.

"특진에 대통령 표창… 좋습니다. 탁대 씨는 지금 세상에 보이는 게 없겠지요. 하지만 그렇다고 사무관 될 수 있을까요? 유명세 덕분에 운 좋게 감사실에 입성했지만 얼마나 가겠습니까? 시장님이 당신 단물 빼려는 거예요. 그러니 너무 오버해서 객기 부리지 마시죠. 진짜 아직 뭘 모르나본데 봉황시에서 진골이나 성골 라인에 붙지 않은 이상 까닥하면 한 방에 가는 잡골 신세란 말입니다."

"진골이나 성골?"

"김 시장님, 성골이십니다. 조탁대 씨 만나주고 하니까 당신이 국장쯤 된 거 같습니까? 그거 진짜 모릅니까? 탁대 씨는 잠깐 시장님 얼굴 마담 노릇하고 있다는 거."

'얼굴 마담?'

"그리고 찬밥 부서 직원들 조이는 거 말입니다. 그럼 실적은 올려야 하는데 어디 가서 올릴 건가요? 총무과 조질까요? 인사과 깔까요? 여기저기 거미줄처럼 얽혀 있는 인맥을 어쩔 건데요? 여기서 버티려면 여기 룰에 따라야죠."

'이 자식 봐라?'

"저번에 나 과장님 앞에서 나 한 번 띄워줬죠? 그거 본심은 아니겠지만 그 보답으로 말해주는 줄 아시죠."

"기왕 인심 쓰는 거 좀 더 써봐라."

"보건소에 홀린 것도 그래요. 그렇게 정의의 사도인 척하지 마세요. 우리 감사실 직원이 몇 명입니까? 그 사람들이 전부 인맥을 가지고 있어요. 그러니 내가 아니라도 다들 요령껏 라인타고 정보 캐간다 이겁니다."

"오호, 이제야 비장의 노하우가 쫙쫙 나오는구나."

잠시 탁대를 노려본 팔호는 작심한 듯 나머지 말들을 단숨에 쏟아냈다.

"그리고 저번에 내가 기능직 아저씨에게 술 한잔 얻어먹은 거 맞습니다. 하지만 그거 내가 원해서 간 거 아닙니다. 조질 때 조져도 마무리는 해야 업무가 돌아갈 거 아닙니까? 그러니 감정 있으면 권 팀장께 직접 항의하시라고요."

"권 팀장?"

"미리 알려드리는데 그분이 지금은 인사과 이형민 팀장님과 함께 봉황시 성골의 '이조전랑' 역입니다. 탁대 씨나 나나 그 양반들 눈 밖에 나면 바로 이거라고요."

팔호는 보란 듯이, 제 목을 스윽 그어보였다.

"노하우 강좌 끝났냐?"

"방송 몇 번 타니까 착각병에 걸려서 정신줄 나갔나본데 힘을 손에 쥐면 과시하고 싶은 게 인간입니다. 탁대 씨도 예외는 아닐걸요? 아닌가요?"

팔호는 그 말을 남기고 문을 열고 나갔다.

멘붕… 까지는 아니어도 짜릿한 전류에 지져진 느낌이었다. 사악하지만 영민한 말. 막연히 간부들 비위나 맞추며 호가호위 하는 줄 알았던 이팔호. 하지만 그에게도 나름 삶의 철학이 있었던 것이다.

탁대는 마지막 말을 곱씹어 보았다.

'탁대 씨도 예외는 아닐걸요?'

그건 부정하기 힘들었다. 탁대가 사용하는 마법. 그 또한 손에 쥔 힘의 다른 모습이었기 때문이었다.

'이 자식, 단순한 잔머리는 아니네? 나름 개똥철학이 있잖아?'

탁대는 이팔호를 다시 보았다. 마냥 허접한 건 아니기 때문이었다.

'하긴 뺀질거려도 자기 주관이 있는 게 좋지.'

탁태는 피식 미소를 머금었다.

이조전랑.

조선시대 6조 중 하나인 이조의 관직으로 정5품 정랑과 정6품 좌랑을 합쳐 부른 말이다. 품계는 낮았지만 각 부서의 당하관 천거, 언론 기관인 삼사의 관리 임명, 재야인사의 추천, 후임 전랑의 지명권 등을 가지고 있어 권한이 매우 강했다. 퇴임 후에는 정승으로의 승진이 보장되어 있어 전랑은 권력의 향배를 결정하는 관직으로 상징되었다.

'선우 팀장이 아니고 권 팀장?

탁대는 깊은 날숨을 몰아쉬었다. 크게 드러나지 않는 타입의 권해관. 그런 까닭에 이런저런 비리를 비호하는 사람은 선우재풍이 아닐까 추측하던 탁대의 예상은 빗나간 꼴이었다.

권해관.

봉황초—중—종고 출신의 38세 지방행정주사. 봉황시 토박이 코스를 다 밟은 그였기에 성골로 꼽히는 것이다. 차기 과장 승진 서열 1, 2위를 다투는 그의 새로운 면모를 알게 된 탁대.

'헐!'

잡골이라니.

기분 더러웠다.

얼굴 마담이라니?

배알이 뒤틀렸다.

펑!

부아가 치민 탁대는 빈 공간에 후끈 화염공포탄을 작렬시켰다. 그런 다음 냄새로만 끼쳐오는 화기(火氣)를 느끼며 콧날을 지긋이 찡그렸다.

'그래, 나 잡골 맞다. 아직 한 번도 세상의 실세였던 적 없어.'

탁대는 후끈한 결의를 불태우며 회의실을 나왔다.

'그렇다고 쫄 내가 아니야. 진골이든 성골이든 한 번 붙어보자고. 내가 이래 봬도 대마법사의 운명까지 책임진 9급, 아니 8급 공무원이거든.'

탁대가 사무실로 돌아왔을 때 팀장들은 도 과장과 함께 테이블에서 회의를 하고 있었다. 네 명의 실세들. 탁대는 네 사람의 성분 분석을 위해 스펙 분리기를 돌렸다.

도상욱―진골의 버팀목.

권해관―성골의 차기 주자.

이겸수―성골 라인.

선우재풍―잡골의 대표 주자.

막상 분리를 하고 보니 살벌한 느낌이 들었다. 네 사람은 각기 다른 포스를 뿜어내며 회의를 계속해 갔다. 한마디, 한마디 비범하지 않다. 아무렇게나 말하는 것 같지만 그 안에는 각자의 이해관계가 소리 없는 창칼이 되어 공방을 벌이는 것이다.

'그리고… 강덕길 주무주임…….'

그는 권 팀장 앞에 배치된 책상에서 고참 기능직을 호출해 뭔가의 조서를 받고 있다. 아직 됨됨이 파악은 되지 않지만 라인으로 보아 권해관의 심복일 가능성이 높았다.

'헐~!'

탁대는 피가 멈추는 것 같았다. 하긴 매사가 경쟁인 대한민국이다. 봉황시에도 알짜 보직과 승진 자리는 늘 한정되어 있다. 그러니 보이지 않는 곳에서 피 튀는 혈투가 행정이라는 이름으로 자행되고 있는 것이다.

"황천수 말이야……."

탁대가 서류를 뒤적일 때 낯익은 이름이 귀를 파고 들어왔다. 탁대는 팀장들의 테이블을 슬쩍 바라보았다. 역시 분위기를 압도하고 있는 건 권해관이었다. 그는 평소에는 선비처럼 보이지만 자기주장을 펼칠 때는 과장의 권한도 개의치 않았다.

"그렇긴 하지만……."

선우 팀장이 난색을 표시한다. 조율을 하고 있지만 서로 간의 의견이 잘 맞지 않는 모양이었다.

"야, 왜 저러는 지 아냐?"

탁대는 화면과 씨름하는 팔호를 슬쩍 찔렀다. 그래도 이 안의 분위기에 대해서는 탁대보다 도통한 그였다.

"……."

"빠꼼이가 왜 이래?"

"궁금하면 가서 물어보지 그래요?"

팔호가 퉁명스럽게 쏘아붙였다.

"너 원래 정보통 아니냐? 정보란 과시하자고 득하는 거 아니야?"

"그것도 사람 나름이죠."

"아, 진짜 쪼잔하긴……."

탁대는 마음을 접었다. 공은 공이요 사는 사라고 그래도 동기라 미운 짓만 안 하면 살갑게 지내고 싶지만 그건 탁대의 일방적인 마음에 불과한 모양이었다.

"황천수 털려고 그러는 겁니다."

마우스를 잡을 때 팔호의 목소리가 건너왔다.

"누굴 잡아? 황 팀장님?"

귀를 의심하며 팔호를 바라보는 탁대. 하지만 팔호는 돌부처처럼 더는 대꾸하지 않았다.

그때였다. 입장을 정리한 팀장들 쪽에서 탁대 이름을 불렀다.

"조탁대 씨, 이리 좀……."

살짝 긴장하고 일어선 탁대가 테이블로 가다갔다.

"앉아."

선우 팀장이 탁대에게 말했다. 영문을 모르는 탁대는 권 팀장 옆의 빈 자리에 앉았다.

"황천수 알지?"

"예……."

"어땠나?"

선우 팀장은 메모수첩을 든 채 다짜고짜 물었다.

"뭐가 말입니까?"

"같이 근무했잖아? 평판이라든가 업자들과의 관계 말이야."

"저는 그분 직속이 아니어서……."

탁대는 숨을 골랐다. 무엇 때문에 묻는 건지 의중을 모르는 상황. 거기다 대고 아무 말이나 난사하고 싶지는 않았다.

"황천수에게 올라온 진정서하고 투서야. 내사를 할지 말지 결정하려고."

선우 팀장이 두 장의 종이를 흔들었다.

'황 팀장을 조사해?'

탁대의 머리에 빨간 불이 앵앵 울렸다. 용 팀장이 아니고 황 팀장?

"황천수가 자네 도와준 적 있지?"

"네?"

"멧돼지 말이야. 차로 들이박아서 자네 도와줬잖아?"

선우 팀장은 다 아는데 왜 이러느냐는 식으로 물었다. 탁대는 등뼈에 고드름이 맺히는 걸 느꼈다. 봉황시 감사관실. 그건 괜히 간판만 달고 있는 게 아니었다.

"그거하고 무슨 관계가 있나요?"

"그래서 비호하나 하고 묻는 거야? 아직 결정된 건 없으니까 아는 대로만 대답해."

선우 팀장은 탁대를 다그쳤다.

"제가 보기엔 일만 하는 팀장님이었습니다. 업자 문제라든가 비리 문제는 전혀… 다만…….”

“다만 뭐?”

“좀 바른말을 잘해서 미운 털이 박힌 거 같았습니다.”

“바른말?”

선우 팀장의 말끝이 뾰족해지는 것과 동시에 다른 팀장들도 탁대를 주목했다.

“예를 들어 용 팀장님은 상후하박인데 그분은 상박하후로 행동하십니다.”

“윗사람에게 엄격하고 아랫사람에게 후하다?”

잠자고 있던 도 과장이 입을 열었다.

“제가 보기엔 그랬습니다.”

“그게 바로 황천수의 주특기야. 개념 있는 사람으로 보이려는…….”

선우 팀장은 한마디로 탁대의 의견을 일축했다. 탁대는 더는 말하지 않았다. 팀장들 간에는 이미 황 팀장의 이미지가 결정되어 있는 것 같았다.

“이 문제는 좀 더 보고 판단하자고.”

회의는 도 과장이 일어서면서 일단락되었다.

따르릉!

탁대가 자리로 돌아오기 무섭게 책상의 전화기가 울렸다. 하필이면 황천수 팀장이었다.

“네. 감사합니다. 감사담당관실 조탁… 팀장님?”

씩씩하게 말하던 탁대는 황천수의 목소리를 알아듣고 급말꼬리를 내렸다.

"예, 예… 알겠습니다."

탁대는 서둘러 전화를 끊었다. 수화기를 놓은 자세로 슬쩍 팔호의 반응을 보았다. 이놈은 또 무슨 잔머리를 굴리는지 별 눈치가 없다. 그제야 탁대는 깊은 날숨을 천천히 토하며 수화기에 올려진 손을 떼었다.

'저녁에 소주 한잔하자.'

황 팀장의 요지는 그것이었다. 그건 지난번 교통과 송별식 때 들었던 말이었다. 단 둘이 따로 자리를 마련했을 때였다. 막 소주 두 잔씩을 비웠을 때 황 팀장의 전화기가 울렸다. 황 팀장은 그 전화를 받고 일어섰다.

공무원들은 뜻하지 않는 사고가 많다. 더구나 황 팀장 같은 고참들은 위로 아래로 챙겨야 할 선배나 후배도 많다.

'그때 나중에 따로 사시겠다더니……'

탁대는 고개를 끄덕거렸다. 흔히들 술자리에서 한 약속은 공수표라고 한다. 술김에 한 말이므로 면책도 간단하다. 그런데 그걸 잊지 않고 신참 8급을 챙기는 황 팀장.

'그럼 슬슬 약속 장소로 가볼까?'

도 과장이 나가고 권 팀장까지 퇴근했을 때 탁대는 책상을 정리했다. 시간은 저녁 7시를 널널하게 지나고 있었다.

먼저 USB 등을 제거한다.

컴퓨터 전원을 끈다.

책상 위를 정돈하고 서류는 관련 캐비닛에 넣는다.

책상 서랍을 잠근다.

마지막으로 책상 아래의 휴지를 비운다.

"안 가냐?"

탁대가 일어섰을 때 사무실에 남은 건 팔호뿐이었다.

"……."

팔호는 대답을 안 한다.

"그래. 시간외수당 많이 받으면 치맥이라도 좀 쏴라. 나 말고 너네 잡포 동기들에게라도."

그 말을 남기고 돌아서던 탁대는 두어 발쯤 걷다가 문득 발길을 멈췄다.

"황천수가 자네 도와준 적 있지?"

깊은 침묵 속으로 선우 팀장의 목소리가 스멀스멀 기어 나왔다.

감사실.

그들은 탁대가 상상하는 이상의 정보를 가지고 있다. 어쩌면 소속 공무원 전부를 부처님처럼 손바닥에 놓고 들여다보고 있을지도 모른다.

'짜릿하군.'

탁대는 사무실을 돌아보며 웃었다. 무섭지 않았다. 두렵지도 않았다. 그들이 그 어떤 시스템을 가지고 있고 정보망을 가지고 있다고 해도 하나는 알 리가 없었다. 바로 탁대에게 몇 가지 마법 능력이 있다는 사실.

거기까지 생각하니 괜히 쫄았다는 생각이 들었다. 시시콜콜

직원들의 정보를 쌓아놓고 전권을 휘두르는 팀장들. 거기다 무사공평이 아니라 개인적 이해관계로 취사선택을 칼날을 휘두른다면 그건 전횡이 아닐 수 없었다.

탁대가 나가지 않고 오래 서 있자 팔호가 돌아보았다.

―왜 안 가고 지랄이야?

―인간이 꼭 신경 쓰이게 만들어요.

―어휴, 저런 인간이 운도 좋지. 나도 못하는 특진이라니…….

탁대는 잠시 팔호의 마음을 읽었다. 그런 다음에 복도로 나와 문을 닫았다.

〈감사담당관실〉

이 안에는 뭔가 있다.

시장에 따라 실세에 따라, 혹은 이해집단의 승진이나 보직에 따라 쓰나미가 요동을 치는 것이다.

'호랑이 굴에 제대로 들어왔네.'

탁대는 쿡 웃었다. 호랑이가 있다면, 그 호랑이가 비리와 인맥에 빠져 장난질을 일삼고 있다면 그건 탁대가 잡고 싶었다. 꼭!

지글지글.

소막창이 익어갔다. 황 팀장은 악수를 한 후에 소주부터 따라주었다. 그런 다음, 자기 잔을 들고 원샷이다. 왕고참에 속하는 공무원들은 대개 이런 주법을 지녔다. 그나마 잔을 안 돌리면 다행이었다.

"어때?"

막창 하나를 쌈에 싼 황 팀장이 물었다.

"감사실요? 아직 뭐가 뭔지 잘 모르겠습니다."

"혹시 내 뒷조사 착수할 분위기 아니던가?"

"······?"

손에 펼친 상추 위에 막창과 마늘 등등을 주섬주섬 올리던 탁대가 동작을 멈췄다.

"착수하려는 모양이군?"

"어떻게 아셨어요?"

탁대는 손에 든 쌈을 내려놓고 황 팀장을 바라보았다.

"털려고 달려들 때가 되었거든."

"팀장님!"

"상관없으니까 말하기 곤란하면 안 해도 되네."

"우와!"

"무섭나?"

탁대의 심정을 꿰뚫어보았는지 황 팀장이 또렷이 물었다.

"조금은요. 이 동네는 비밀이라는 게 없군요."

"그새 깨달은 모양이군."

"아침에 보건소 점검 갔는데 벌써 정보가 샜더라고요."

"그거야 공무원 밥 몇 년 만 먹으면 다 아는 사실이고."

"다 안다고요?"

"자네라면 어떻겠나? 나하고 친하다면 말이야, 내가 물어보면 대답 안 할 건가?"

"켁!"

소주를 한 모금 입에 물었던 탁대가 술을 뱉어냈다.

"순진하기는. 내가 하면 로망스요 남이 하면 불륜이다, 라는 말이 먼 곳에 있는 게 아니라네."

'그, 그렇군.'

득도였다. 만일 내일 당장 교통과에 점검을 나가게 되면 어떨까? 어쩌면 혜자에게 미리 알려줄지도 모른다. 공사를 구분해야 하지만 그 정도 융통성은 탁대에게도 있었기 때문이었다.

"한 십 년 넘게 근무하면 적어도 3, 4개 부서를 도네. 20년이면 10개 가까운 부서를 돌게 되지. 웬만큼 원만한 사람이라면 그 정도 정보망 관리하는 건 일도 아닐세."

"네에……."

"들게."

황 팀장은 막창을 뒤집으며 탁대에게 술을 권했다.

"그럼 저를 감사실로 데려간 게 팀장님 털려고?"

"같이 근무했으니까 본 것도 있을 테고 게다가 조탁대는 아직 어느 라인도 아니니까."

"팀장님도 라인이십니까?"

"뭐 거기 있으니까 차차 알겠지만 여기 근무하면 싫든 좋든 라인으로 구분되게 마련이니 나는 성골도 아니고 진골이 먹다 버린 잡골에 속하겠지."

"……."

"알아듣는 걸 보니 그새 감사실 분위기를 파악한 모양이군."

"실은 그렇잖아도 그걸 좀 묻고 싶어서 팀장님을 뵈려던 참이었습니다."

"붙으려면 성골에 붙어야지 나 같은 잡골과 붙어서 뭐 하게? 신세 조지게?"

"팀장님……."

"실은 말이야, 오늘 자네를 보자고 한 주빈은 따로 있네. 아마 곧 오실 걸세."

'주빈?

황 팀장이 아니면 대체 누가?

주빈!

황 팀장의 말은 공손했다. 말투로 보아 최소한 국장급 정도의 인물이 오는 게 분명했다.

"진짜 봉황시 공무원들이 진골과 성골, 그리고 잡골로 나뉘어져 있는 겁니까?"

탁대는 질문을 계속했다. 누구든 오기 전에 궁금한 걸 벗겨내고 싶었다.

"자네 보기엔 어떤가?"

"제가 아직 봉황시의 공무원들 성향에 대해 촌평할 짬밥은 아니지만 겉보기에는 그런 건 없는 거 같습니다."

"맞네. 그런 건 거의 없어."

"그런데 왜?"

"일부 늙은 관료들의 몸부림이겠지. 자기의 영향력을 유지하려는… 그러다 보니 내 사람, 남의 사람을 나눠놓고 자리를 미끼로 그 영향력을 과시하는 거야."

"늙은 관료라면?"

"현직에 있는 사람도 있고 퇴직한 사람도 있네. 그들은 줄타기를 좋아해서 아직도 줄 세우기가 기승을 부리고 있는 거야."

"좀 슬프군요."

"사회라면, 조직이라면 그 비슷한 일들은 어디나 있네. 다만 우리 봉황시는 비록 일부라고 해도 핵심 멤버니 뭐니 해서 좀 유난해서 문제야."

지금까지 쭉 그래왔단 말입니까?"

"봉황시는 토박이의 입김이 강한 지역이라네. 한때는 조금 나아지기도 했지만 물갈이가 잘못되면서 다시 과거로 회귀한 셈이지."

"그래서 팀장님이 승진이 늦는 거로군요?"

"대신 자네가 총알 승진을 하지 않았나?"

"저요?"

"자네도 알고 보면 잡골이지. 안 그래?"

황 팀장이 피식 웃음을 던졌다.

"그렇군요."

탁대는 완전 동의했다. 탁대는 봉황시 출신이 아니다. 봉황종고에는 딱 한 번, 9급 공채 볼 때 외에는 가보지 않았다. 그러니 잡골 중에서도 상잡골에 속하는 것 같았다.

"동시에 낡은 유산을 타파할 대안의 시작이기도 하고!"

탁대와 황 팀장이 작은 공감을 나누는 등 뒤로 말소리가 날아들었다. 앞에 앉은 황 팀장은 천천히 일어나 목례를 올렸다. 대체 누구기에?

탁대는 조용히 고개를 돌렸다. 하지만 곧 눈을 의심했다. 탁대 앞에 거대한 산맥처럼 등장한 사람은 국장이 아니었다. 부시장도 아니었다.

"반갑네."

"……!"

탁대는 오오라를 뿜으며 등장한 인물이 내민 손을 잡았다. 그는… 다름 아닌 표강일이었다.

표강일!

상상치도 못한 등장이었다. 그를 수행한 나 실장은 탁대에게 가벼운 눈인사를 건네고 자리를 비켜주었다.

"내가 앉아도 될까?"

표강일이 황 팀장이 아니라 탁대를 보며 물었다. 놀란 탁대는 황 팀장을 바라보았다.

"자네에게 묻지 않으신가?"

"저, 저는……."

"여기 소주잔 하나 더 주시겠습니까?"

표강일은 아줌마에게 잔을 요청하며 황 팀장 옆에 앉았다.

두근!

탁대의 심장이 엇박자로 뛰기 시작했다. 이제는 완연히 건강을 되찾은 얼굴. 짙은 눈썹과 콧날을 타고 흐르는 윤기는 눈빛과 함께 비범치 않은 분위기를 튕겨내고 있었다.

"국민영웅의 술을 한 잔 받을 수 있을까?"

이번에도 표강일은 탁대를 표적으로 잔을 내밀었다. 슬쩍 보니 황 팀장은 묻기도 전에 고개를 끄덕거린다. 얼른 따라주라는 의미였다.

꼴꼴꼴!

머리카락 떨어지는 소리도 들릴 것 같은 침묵 속. 소주병목을 치고 나오는 술 소리만이 실내를 울렸다.

"건배!"

표강일이 술잔을 내밀었다. 가볍게 잔을 부딪친 표강일은 왕고참 공무원이 그렇듯 단숨에 원샷을 해버렸다.

"막창 맛은 역시 이 집이 최고죠?"

처음으로 표강일이 황 팀장에게 물었다.

"그럼요. 저 아줌마 똥고집이 망해도 한우만 취급하지 않습니까?"

"그럼 많이 먹어야죠. 오늘은 다른 사람은 받지 않을 겁니다."

그 말이 신호였을까? 밖에 내놓은 작은 간판을 들고 들어온 아줌마가 인증 문장을 날렸다.

"문 닫았으니까 편하게 드세요. 표 사장님!"

"그럼 여기 한 오 인분 더 가져오세요."

표강일이 바로 화답했다. 전혀 어울리지 않지만 표강일에게도 익숙한 가게인 것 같았다.

"그래. 얘기는 어디까지들 하셨나요?"

표강일이 화두를 꺼내며 탁대에게 소주를 따랐다. 탁대는 정중히 술을 받았다.

"딱히 설명할 것도 없었습니다. 조탁대가 이미 골품제도를 알고 있더군요."

황 팀장이 푸짐하게 늘어난 막창을 뒤집으며 말했다. 그중 하나를 집어먹는 표강일의 입가에는 엷은 미소가 가득해 보였다.

"그럼 혹시 감사실에 떨어뜨린 것도 내가 했다고 말했습니까?"

"그건 사장님이 직접 하시는 게 좋을 거 같아서……."

두 사람의 대화를 듣던 탁대의 숨소리가 멈췄다.

'나를 감사실로 보낸 게 표 사장님?'

탁대는 벌린 입을 다물지 못했다. 그가 왜? 무엇 때문에?

"놀랐나? 내가 불쑥 끼어들어서?"

표강일이 탁대에게 물었다.

"아, 아닙니다."

"감사실 발령 건은 혹시 기분 나쁠 수도 있겠군."

"……."

"하지만 탁대 씨가 필요했네. 또 탁대 씨만 한 적임자도 없었고……."

"……."

"내가 왜 탁대 씨를 감사실에 끼워 넣은 줄 아나?"

냅킨으로 입을 훔친 강일이 탁대를 똑바로 응시했다. 얼굴 가득 뿜어져 나오는 거물의 포스. 그건 대통령이나 시장을 만날 때와 유사한 무게감이었다.

"궁금하군요."

"브레이크 풀린 화물 트럭을 목숨 걸고 막아서 수많은 어린이를 구한 탁대 씨의 숭고한 용기……."

강일은 잠시 말을 끊었다가 다시 이었다.

"폭주하는 화물차에 맞서던 그 숭고한 용기를 봉황시의 시정에서 발휘해 줬으면 하는 소망이라네."

'봉황시의 시정?'

여전히 표강일의 의도를 간파하지 못한 탁대는 마른침을 넘겼다.

"하지만 탁대 씨의 허락을 받지 않고 독단적으로 한 일. 해서 오늘 정식으로 탁대 씨의 허락을 구하러 온 거라네."

허락!

탁대는 그 단어 때문에 더 긴장했다. 봉황시를 좌지우지할 정도라는 표강일. 그런 그가 탁대에게 무슨 허락이 필요하단 말인가? 하지만 지금 탁대 앞의 표강일은 허락을 구하는 태도에 걸맞게 진지하고 소탈한 모습이었다.

"저 같은 놈에게 무슨 허락씩이나……."

"무슨 말인가? 탁대 씨가 나를 살려줬다고 해서 하는 말은 아니고 지금 탁대 씨처럼 숭고한 용기를 가진 사람은 봉황시뿐만 아니라 대한민국에도 없어. 그래서 말인데……."

"……."

"봉황시의 뒤틀린 공직 문화를 바로 잡는데 주춧돌이 되어주지 않겠나?"

"제, 제가 무슨 사무관이나 서기관도 아니고 일개 행정서기인데……."

"표 사장님은 지금 차기 시장후보자로서 자네에게 요청하고 있는 걸세."

"……!"

쾅!

콰광!

탁대의 뇌리에 우레가 거푸 울렸다. 시장 후보? 표강일 사장이?

"김성곽과의 이야기는 길어서 다 할 수 없네. 하지만 그 자리는 내 부친께서 만들어준 자리지. 부친께서 김성곽을 지지한 데는 물론 내가 뜻밖의 사고로 시장에 출마할 수 없었던 것도 있네만 그 전대(前代)부터 뒤틀린 줄서기와 편 가르기를 종식해 달라는 게 옵션이었네."

탁대는 숨을 죽였다. 봉황시를 좌지우지한다던 표도완. 그의 실체를 엿볼 수 있는 순간이었다.

"하지만 김 시장은 그걸 어겼네. 아니, 오히려 골을 더 깊게 했지."

꼴꼴꼴!

술 따르는 소리에 놀란 탁대가 고개를 드니 황 팀장이 자기 잔을 채우고 있었다. 워낙 몰입하다 보니 팀장의 술잔이 빈 것도 몰랐던 탁대였다.

"아는지 모르지만 내 부친은 바로 이 편 가르기의 시발점이기도 하네. 변변한 학교가 없던 봉황시에 종합고를 세워 나름 경쟁력 있는 학교로 키우기 위해 종고 출신들의 단합을 강조했던 것이……."

빛과 그림자.

세상일에는 반드시 명암이 있다. 힘없는 무엇이 자립하기 위해서는 단결과 단합이 필요하다. 하지만 그게 너무 강조되다 보니 작은 도시의 폐단이 된 것이다.

"그래서 회자정리를 해야겠기에 딱 한 번 시장으로 나올 생각을 하게 되었네."

표강일은 담담해 보였다. 배경이나 상황을 보아 목에 힘을 줄만도 하지만 탁대 앞의 그는 소탈함 그 자체였다.

"제가… 어떻게 해야 합니까?"

표강일과는 각별한 운명의 탁대였다. 그건 어쩌면 대마법사 로르바흐의 그것과도 비근했다. 그대로 두었으면 죽었을 표강일. 비록 과정은 불손했지만 어쨌든 그의 운명에 '새로 고침' 기능을 준 건 탁대가 분명했다.

"공무원은 정치적 중립이라는 건 알고 있겠지?"

"예……."

"그 밖에 또 뭐가 있나?"

"친절공정, 성실, 복종, 비밀엄수, 청렴……."

"그것 말고 감사실의 업무 원칙은 없나?"

"규정과 원칙에 따라 공명정대하게⋯⋯."

"바로 그걸세."

"⋯⋯?"

"감사실에서 그대로만 하게. 진골이든 성골이든 잡골이든 그게 누구든 비리나 불법, 뇌물이나 향응에 연관되어 있으면 가감없이 밝혀내는 걸세."

"사장님께 충성하라는 말은 아니고요?"

탁대는 초롱초롱 눈빛을 뿜었다.

"그럴 리가 있나? 내게 쌍욕도 주저하지 않는 자네인데? 더구나 한 번 죽었다가 태어난 내가 무슨 욕심이 있어서."

표강일은 조용히 웃으며 말을 이었다.

"김성곽도 쪼고 내가 시장이 되면 나도 쪼게. 자네는 그저 공무원으로서 누구든 비리나 부정부패를 저지르면 밝히고 처벌하면 그만이라네."

"그렇게 하면 사장님께 어떤 도움이 되나요?"

"만약 내가 들어와서 그런 일을 시작한다면 어떨까? 상대방들은 분명 인사보복이라는 명분으로 여론을 호도하며 방해하려 할 걸세. 하지만 탁대 씨가 지금부터 한다면 사안은 달라지지."

"⋯⋯."

"말하자면 탁대 씨가 봉황시 정의의 시금석을 놓는 거야."

"사장님."

"뒤는 내가 후원할 테니 아무 걱정 말고 종횡무진 감춰진 비리와 야합을 찾아내 바로잡게나."

"단지 그것뿐입니까?"

"자네도 원하지 않나? 누구든 능력에 따라 승진하고, 능력에 따라 성과급을 받고, 표창과 혜택을 누리는 것. 진골 라인이라든가 성골 라인이라든가 하는 줄서기가 아니라……."

표강일의 단호한 신념은 환한 빛으로 변해 탁대의 뇌리를 관통해 지나갔다.

하지만!

그 순간, 탁대는 이미 표강일의 속내를 꿰뚫고 있었다. 그를 의심하는 것은 아니었다. 생명을 구해줬기에 내 편이라는 막연함이 아니라 몇 번의 관계를 계속하면서 느낀 인품 덕분이었다.

탁대가 그의 마음을 읽어야 했던 건 이 순간이 대통령을 만나는 순간만큼이나 중요했기 때문이었다.

뭔가 미궁 같기만 하던 감사실. 감사의 우선순위가 비리의 정도가 아니라 인맥 봐주기로 결정된다면 그건 차마 동의할 수 없는 일이었다.

"표 사장님!"

표강일의 진심을 확인한 탁대는 환한 표정으로 말을 이었다.

"저는 공무원입니다. 오늘 말씀은 공무원으로 마땅히 해야 할 일이니 허락이고 말고도 없겠습니다. 더구나 든든한 지지를 해주시겠다니 미력하나마 밀실에서 결정되는 봉황시의 공직 기강을 바로잡는데 숭고한 사명을 다하겠습니다."

"역시 우린 통하는군."

표강일이 다시 손을 내밀었다. 탁대는 가슴을 쭉 편 채로 그 손을 잡았다. 그의 진심이 손의 체온을 타고 전해왔다.

감사실의 신삥이 행정서기 조탁대.

로르바흐의 마법에 표강일의 후원.

또 하나의 팽팽한 날개를 다는 순간이었다.

"우린 한잔 더 해야겠지?"

표강일이 간 후에 황 팀장이 소주병을 들며 말했다.

"두 분이 원래 아는 사이였군요?"

"신기한가?"

"조금은요."

사실 그랬다. 황 팀장은 행정업무에 능숙하다.

법 규정과 조례 등에 대해서도 법무팀 못지않은 해석 능력을 가지고 있다. 하지만 한 가지 부족한 게 있었으니 바로 비즈니스 능력이었다. 그런 그가 다른 사람도 아닌 표강일과 친분이 있다니 놀라운 일이었다.

"자네가 저 양반 생명을 구해줬다고?"

"그것도 아세요?"

"저 양반에게 들었으니… 나도 커밍아웃해야겠군."

황 팀장은 식은 막창을 하나 집어 들며 말을 이었다.

"실은 저 양반이 내 목숨을 구해준 적이 있다네. 이 숨 쉬는 목숨이 아니라 공직 목숨……."

'아!'

"오래전에 고위직과 통하는 민원 한 사람이 산에다 묘지 신청을 해왔어. 그때 내가 갓 7급을 달았을 땐데 이게 아무리 봐도 허가를 내주면 안 되는 곳이야. 더구나 그쪽 산림 환경을 해칠 가능성도 컸고. 결국 반려했더니 청와대 친인척을 통해 압력을 가하더군. 일이 커져서 사표를 내야 할 지경에 이르렀을 때 표강일 씨가 구세주로 나서 주었다네. 풍문을 듣고는 시장을 찾아와 내 편을 들어준 거지. 동시에 청와대 쪽에도 손을 써준 바람에 일단락되었어."

"청와대까지요?"

"저 양반, 그 정도 능력은 있다네."

"……?"

"고마움을 표시해야 하는데 그때나 지금이나 내가 융통성이 있어야지? 그래도 그냥은 안 되겠다 싶어 찾아가서 술이나 한잔 사게 해달라고 했지. 그랬더니 어디로 간 줄 아나?"

"강남의 풀사롱에라도 갔나요?"

"바로 이 자리로 왔다네."

"……?"

"그 양반이 내게 술 얻어먹는 조건이 그거였네. 내 단골집으로 가는 거. 그렇게 하면 코가 삐뚤어지도록 마셔주겠다고 하더군. 이모, 우리가 그날 소주 한 짝은 마셨죠?"

황 팀장이 주방의 할머니를 바라보며 소리쳤다.

"한 짝이 뭐야? 거반 두 짝은 마셨지. 난 그때 두 양반 다 죽는 줄 알고 조마조마했어."

안에 있던 할머니가 고개를 내밀며 대꾸했다.

"멋진 분이군요. 재벌 부럽지 않은 분이 소박하게……."

"그래서 내가 다른 건 몰라도 저 양반하고의 친분은 유지하고 있지. 그때 마신 술이 아직도 덜 깼거든."

인연 혹은 운명!

그 고리의 위력은 무서웠다. 탁대가 살린 표강일과 표강일이 구한 황 팀장. 그 세 개의 운명이 이렇게 합치가 되다니? 하긴 말해서 무엇하랴? 신에 필적하는 능력을 가진 대마법사도 생뚱맞은 나인 크로스로 인해 탁대와 엮인 판국에.

"한 가지 더 궁금한 게 있습니다."

탁대는 눈빛을 가다듬으며 물었다.

"말하게."

"우리 시장님, 나쁜 분인가요?"

"김성곽 시장님……."

황 팀장은 손에 든 술을 가뜬히 비우고서야 말을 이었다.

"그 양반도 알고 보면 시스템의 희생자지. 그래서 표 사장님이 그 시스템을 없애려는 거고."

"시스템이라고요?"

"성골 시스템 말일세. 덕분에 시장이 되었지만 그로 인해 시장으로서의 포부를 다 펼칠 수 없게 되었네. 시스템을 버리자니 위협을 받게 되고 안고 가자니 유지하는 대가가 너무 크거든."

"결국 시스템이 인간을 먹어치우고 있군요."

"그런 셈이네."

"씁쓸합니다."

"신세대들은 게임 친화적이니 버그를 잡는다고 생각하면 편할 수도 있을 걸세."

"버그라고요?"

"우리 시에는 버그가 있네. 요직 라인을 자처하는 편가르기의 암적 존재들 말일세."

"팀장님은 이미 알고 계시는군요."

"나야 심증이지. 요즘 사람들은 물증을 필요로 하지 않나."

"……."

"그건 그렇고 조탁대."

"네?"

"만약 말이야, 감사실에서 내일이라도 나를 털라고 하면……."

"……?"

"조금도 망설이지 말고 털게."

"팀장님!"

"솔직히 어떤 빌미를 갖다 붙여 내 옷을 벗긴다고 해도 상관없네. 2010년 넘어서 들어온 자네들과는 달리 나는 연금은 받을 수 있으니까. 나 때문에 네 일을 그르치지 마라."

황 팀장의 뜻은 그것이었다. 막잔을 비우며 탁대는 황 팀장을 바라보았다.

우직한 뚝심에 소탈한 황천수. 죽어도 자기 자신의 이익을 추구하지는 않을 푸근한 품성.

그게 안주가 되어 탁대의 심장으로 들어왔다. 근래 들어 가장 상큼한 술자리였다.

6장
조탁대 발진하라!

　로르바흐!

　탁대는 잠결에 그 이름을 불렀다. 슈리아를 대동하고 등장한 로르바흐의 로브에서 금속광택이 배어나왔다. 로르바흐는 두 손을 뻗어 한 줄기 청량한 빛을 탁대에게 뿌려주었다.

　마치 북극 하늘에 피어난 태초의 빛 같은 오오라는 탁대의 피로를 말끔히 가셔주었다.

　"어서 오시게. 8급 행정서기 조탁대."

　로르바흐의 입가에 잔잔한 미소가 번져 갔다.

　"그거 아세요?"

　"뭐 말이신가?"

　"요즘은 뵐 때마다 얼굴이 편안해 보인다는 거……."

"말했지 않은가? 조바심을 버리고 그대의 꿈에서 공부하기로 했다고."

"제 꿈에서도 공부가 되나요?"

"공부란 시공을 초월하는 법."

"그리고 보니 새로 생긴 제 여친도 공부를 시작하려나 봅니다."

"반혜자 말인가?"

"잘할 수 있겠죠?"

"훌륭한 스승의 제자는 길을 잃지 않는 법!"

"좋은 스승을 찾으라는 애긴가요?"

"그녀에게는 이미 두 스승이 존재하네."

로르바흐가 수염을 쓸며 웃었다.

"스승이 둘이나요?"

"하나는 그대고 또 하나는 사회경험이지. 자기 힘으로 길을 찾은 사람이 옆에 있는 데다 사회생활을 하면서 단맛 쓴맛을 다 보았으니 자기의 선택에 책임을 다할 터."

"그렇군요."

탁대도 웃었다. 로르바흐의 말은 선명하게 마음에 닿았다.

"그건 그렇고 한 가지 궁금한 게 있습니다."

"말씀하시게."

"접착 마법 말입니다. 혹시 그 마법 속에 반대 마법을 펼칠 수 있는 방법도 숨어 있을까요?"

"접착 상태의 해제 말인가?"

"예."

"용도를 상세히 말해보게."

"그러니까 이미 붙어 있는 봉투를 손상 없이 열어볼 수 있는 비기가 접착 마법 안에 있나 해서요. 거꾸로 하면 될 것도 같아서……."

"작은 마법이지만 익숙해지니 마법 속성을 깨닫게 되시는군. 무릇 모든 마법은 반대 작용을 포함하고 있다네."

"가능하다는 얘기로군요."

"붙어 있는 봉투에 접착 마법을 거시게. 그런 다음에 다시 해제하면 봉투가 열리게 될 테니……."

"아!"

"하지만 자칫하면 찢어질 수도 있으니 그 힘 조절에 신경을 좀 써야 할 걸세."

"알겠습니다."

"그거 아는가?"

"뭐 말입니까?"

"이건 내 느낌인데 그대의 생에 커다란 변혁의 그림자가 드리우고 있네."

"변혁이라고요?"

"본시 큰일은 큰 부작용을 동반하는 법. 뭔가 큰일이 닥치면 더욱 마음을 집중해야 할 걸세."

"혜자랑 교제하지 말라는 걸 에둘러 말씀하는 건가요?"

"천만에, 내 말의 뜻이 그게 아님은 최근에 그대를 둘러싸고 일어난 일을 돌아보면 이해가 될 걸로 보네."

'최근의 일?'

하긴 그랬다.

요 얼마간 얼마나 엄청난 일들이 일어났던가. 생사를 넘나들고 대통령을 만났으며 시장과 의회의장도 만났다. 더구나 이제는 표강일과도 손을 잡은 셈…….

'맞아. 자칫하면 크게 다칠 수도…….'

똑똑똑!

탁대는 방문을 두드리는 소리에 잠이 깨었다.

"탁대야, 오늘은 늦게 가도 되는 거니?"

마더였다. 시계를 보니 7시가 가까웠다. 탁대는 벌떡 일어나 머리를 정리했다.

'마음을 더 집중하라?'

로르바흐의 가르침이 또렷하게 느껴졌다. 아무런 기반도 힘도 없는 지방행정서기. 그럼에도 불구하고 시청 안에서 일어나는 권력쟁패와 줄서기, 편 가르기의 폭풍을 정면으로 뚫고 가야 할 상황.

'까짓것, 인생 뭐 있나. 한 번 부딪쳐 보는 거지, 뭐.'

탁대는 주먹을 불끈 쥐고 자리에서 일어났다.

"어째 특진하더니 더 바쁘니?"

아침 식사 테이블에서 마더가 말했다. 묵묵히 밥을 먹는 동환도 같은 마음인 모양이다. 사실 두 사람은 형제들을 불러 한턱 내고 싶은 눈치였다. 하지만 탁대가 문제였다. 한 번은 야간 단속에 협력하느라 공수표가 되었고 또 한 번은 회식 때문에 취소되었기 때문이다.

"좀 익숙해지면 괜찮겠죠."

송구한 탁대는 그저 어깨를 으쓱해 보일 뿐이었다.

"그나저나 어제 천국시에서 일어난 다리 붕괴 사고 봤니?"

"다리 붕괴요?"

탁대는 고개를 들었다. 금시초문이었기 때문이었다.

"멀쩡한 다리 상판이 어긋나면서 큰 사고가 날 뻔했다더라. 그것 때문에 공무원들이 난리인 모양이던데?"

"잠깐만요."

탁대는 얼른 폰 검색을 했다.

천국대교 부실 공사—아찔한 대형 참사 날 뻔.

마더가 말한 사고는 주요 기사로 떠있었다. 아래로 관련기사들이 줄을 잇는 것으로 보아 천국시청은 벌집을 쑤신 꼴이 되었음을 미루어 짐작할 수 있었다.

"또 전국적으로 다리 때문에 한바탕 떠들겠구나. 이놈의 대한민국은 무슨 사고가 나야 허둥거리다가 그때가 지나면 또 그만이니……."

동환이 공무원 조직의 허를 예리하게 짚어낼 때 탁대의 전화기가 울렸다. 강 주임이었다.

—비상 출근!

강 주임이 전한 말은 한마디였다. 감사실 전부가 비상호출이 된 모양이었다.

"그렇다니까. 아니, 천국시 대교에 사고가 났는데 왜 봉황시가 호들갑이야? 천천히, 꼼꼼히 평소에 안전관리에 신경을 쓰면 될 것을⋯⋯."

동환의 말을 흘려들으며 탁대는 집을 나섰다. 공무원에게는 사생활이 보장되지 않는다. 이유도 필요 없다. 오라면 오고 가라면 가는 것이다.

사고가 하나 터지면 더욱 그렇다. 온 대한민국 공무원들이 홀딱 뒤집힌다. 지역마다 상황이 다르거늘 똑같은 일로 행정력을 허비해야 하는 것이다.

허얼~!

탁대가 시청에 도착했을 때, 시장도 마침 차에서 내리고 있었다. 탁대는 시장을 향해 꾸벅 인사를 올렸다. 심각한 표정의 시장은 손만 들어주고는 청사로 들어갔다.

다음으로 부시장과 총무국장, 안전도시국장 하진우가 속속 들어섰다. 주차장을 보니 안전과장과 총무과장의 차가 보였다. 그들은 이미 도착한 모양이었다.

청사는 긴박감에 휩싸였다. 타시에서 일어난 사고지만 그 여파는 크게 다르지 않았다.

긴급회의실에 시장 이하 안전도시국장과 안전과장, 기타 시정 진두지휘에 핵심을 이루는 간부들이 모여 회의를 시작했다.

탁대는 책상에 있었다. 감사실에는 아연 긴장감이 감돌았다. 이겸수 팀장은 벌써 봉황시의 교량이나 다리 현황판을 보고 있다. 지시가 떨어지면 다리 공사 전반에 대한 감사에 착수할 태세였다.

빈자리는 공익뿐이다. 오늘도 보나마나 9시 시보와 함께 도착할 것이다. 가끔 성실한 공익도 있지만 뺀질거리는 인간들을 보면 군대에서 구른 2년이 억울할 정도였다.

"아니, 대체 천국시 애들은 다리 관리를 어떻게 한 거야?"

테이블에 앉은 이겸수가 목청을 높였다.

"보나 마나 시공 감리를 대충한 거 아니겠습니까?"

"그쪽에 제가 아는 직원이 있는데 그 다리 맡은 건설사가 복마전이랍니다. 입찰비리부터 부실공사까지 악명이 자자하다더군요."

이겸수 팀장 옆에 서 있던 유상길과 노장무가 번갈아 입을 열었다.

"그럼 그쪽 애들 많이 다치겠군."

이 팀장은 사태가 내다보이는 듯 고개를 끄덕였다.

"벌써 검찰이 내사에 착수한 것 같던데요?"

"그렇겠지. 방송이 이렇게 크게 떠들고 있는데 그냥 넘어가겠어?"

"우리한테도 불똥 안 떨어지는지 모르겠습니다."

직원들의 대화는 결국 봉황시 쪽으로 떨어졌다.

"어이, 이팔호, 금기열이. 우리가 발주한 공사 쪽에 들어온 정보는 없어?"

이 팀장이 고개를 들며 소리쳤다.

"지난번에 공원조성 뇌물수수 비리 외에는 못 들었습니다."

대답은 팔호가 했다. 그 옆의 탁대는 분위기를 관망했다. 감사실 짬밥이 얼마 안 되는 관계로 여러 정보나 노하우에 대해서는 다른 직원들에게 뒤질 수밖에 없었다.

오래지 않아 비상대책회의에 참석한 도 과장과 권 팀장이 들어섰다.

"다들 모여!"

권 팀장은 짧게 말한 다음 회의실 테이블 의자를 당겨 앉았다.

"사안은 다들 알 테고… 관내 크고 작은 교각 공사 전반에 대해 재검토 특별지시가 떨어졌으니까 5년 전 공사까지 소급해서 전부 점검하도록!"

도 과장은 선 채로 지시를 내렸다. 현안이 생기면 다른 사안은 전부 올 스톱이다. 그 또한 공무원만의 특징에 속한다.

"업무분장입니다."

과정은 신속하게 진행되었다. 미리 준비를 마친 강 주임이 팀별로 담당할 업무를 구분해 내민 것이다. 하지만 봉황시에는 대형 교량이 두 개밖에 없었으니 가장 규모가 큰 교량은 권 팀장 쪽에서 맡았고 그 다음은 이 팀장이 맡은 까닭에 탁대 팀에 떨어진 건 잡다한 교량들이 전부였다.

"생색나는 건 저희들이 맡고 찌질한 찌꺼기를 죄다 떠넘겼군."

따로 팀원을 부른 선우 팀장은 볼멘소리부터 내질렀다.

"이런 작은 다리까지 다 조사해야 합니까?"

유 주임도 어이가 없다는 표정.

"시장님 특별지시라는데 어쩌겠어? 건설과하고 관련부서에 연락해서 관련서류 달라고 하고 당시에 들어온 진정서나 민원 확인해서 군소리 안 나오도록 조치해."

불만은 잠시, 선우 팀장은 업무지시를 명쾌하게 내렸다.

"예!"

"관련부서 쪼는 건 유 주임이 하고 이팔호는 나가서 현장 체크하면서 안전총괄과 애들 일 제대로 하나 확인하고 조탁대는 과거 진정서나 민원서류 뒤져서 비리나 고발이 있었는지 확인하도록!"

"예!"

지시가 끝나자 유 주임과 이팔호는 단숨에 뛰어나갔다. 상담실에서 나와 보니 사무실에 남은 사람은 공익과 탁대, 그리고 여직원 양미림뿐이었다.

일사분란!

감사실이 괜히 감사실이 아니었다. 위기에는 그래도 이름값을 하는 것이다.

"조수윤."

탁대는 꼼지락꼼지락 서류를 분리하는 공익을 불렀다. 이 인간, 대답하지 않는다.

"조수윤!"

목소리에 힘을 주고서야 겨우 고개를 드는 공익. 마치 어느 집 개가 짖느냐 하는 표정이었다.

"5년 전 진정서나 투서 어느 캐비닛이냐?"

"왜요?"

"대답이나 해."

"몰라요."

"너 그러다 죽는다."

"모르는데 어쩌라고요."

공익은 탁대를 무시하고 봉투에 풀칠을 하기 시작했다.

"가서 찾아와. 전부 다!"

탁대는 공익 목덜미를 잡아들고 따끔하게 쏘아 붙였다. 동시에 공익의 등짝에이 공포 화염탄을 한방 작렬시켰다. 뭔가 뜨끔함에 놀란 공익의 눈이 알전구만 하게 커졌다. 탁대는 슬쩍 접착 마법을 걸어 입과 코를 붙여 버렸다. 공익은 눈을 더 크게 뜨며 꿈꿈거렸다.

"읍읍!"

"뭐 잘못 처먹었냐?"

"읍읍!"

숨이 막히자 필사적으로 고개를 흔드는 공익.

"입 떼어줘?"

"읍읍!"

공익이 고개를 끄덕거렸다. 그러자 탁대는 공익의 정강이를 걸어차며 마법을 풀었다.

"끄억!"

마법이 풀리자 공익은 신음과 숨소리를 동시에 쏟아냈다. 그 눈에는 눈물이 그렁그렁 고이고 입으로는 연실 침을 뱉어냈다.

"10분 준다."

탁대는 공익의 등짝을 밀었다. 입을 이리저리 움직여 본 공익은 고개를 주억거리며 서고로 들어갔다.

"어머, 수윤이가 웬일이래? 권 팀장님하고 강 주임님 말 아니면 절대 안 듣는데……."

업무일지를 정리하던 양미림이 웃었다.

'까불다 뒈지려고요.'

탁대는 그 말을 삼키고,

"공익들 진짜 큰일이라니까요."

하고 응수했다. 그때 탁대의 눈에 투서 하나가 들어왔다.

교통과 황천수의 비리를 고발합니다.

'황 팀장님?'

투서 내용은 교통정책 수립에 관한 건이었다. 얼마 전에 실시한 신도로 노선을 정하면서 특정 건물을 비껴가게 계획안을 만들면서 거액의 뇌물을 챙겼다는…….

내친 김에 탁대는 봉합된 봉투 안이 궁금해졌다. 간부급들의 비리 진정이나 투서를 모은 봉투. 탁대는 슬쩍 접착 마법을 건 후에 다시 해제시켰다.

봉투는 손상 없이 열렸다.

탁대는 양미림의 시선을 확인한 후에 안의 종이를 꺼냈다. 투서는 10여 장이었다. 그 안에도 황 팀장과 용 팀장을 고발한 내용이 있었다. 황 팀장의 고발 건은 방금 본 것과 달랐다. 이번에는 민원인을 대하는 고압적인 자세를 문제 삼고 있었다.

탁대가 봉투 안에서 거론된 간부들의 이름을 몰래 적을 때 전화기가 울었다.

"감사합니다. 감사담당관실 양미림입니다."

전화를 당겨 받은 양미림이 자리를 털고 일어났다.

"탁대 씨, 나 안전총괄과에 좀 다녀올게요."

"네."

그녀가 나가자 사무실에는 탁대만 남았다.

'기회야.'

탁대는 얼른 권 팀장 책상으로 다가갔다. 힐금 서고를 보니 공익은 아직 나올 기미가 보이지 않았다. 하긴 나온다고 해도 상관없었다. 대충 둘러대면 그만이니까…….

탁대는 권 팀장 책상 책꽂이에 꽂힌 두툼한 봉투를 뽑았다. 단단히 봉합된 봉투지만 문제는 없었다. 접착과 해제를 번갈아 외치자 깔끔하게 열렸기 때문이다.

봉투 안의 투서는 많았다. 거반 50여 장에 가까운 투서들. 탁대는 재빨리 투서 대상자와 핵심내용을 옮겨 적었다.

그때였다. 느닷없이 덜컥 문이 열리며 권 팀장이 들어섰다.

'붙어라. 발!'

놀란 탁대는 권 팀장에게 접착 마법을 걸었다.

"어, 어……."

느닷없이 붙은 발 때문에 두 팔을 팔랑거리며 중심을 잡는 권 팀장. 그 사이에 탁대는 몇 장 남은 서류를 봉투에 담아 제자리에 밀어 넣었다. 그런 다음 재빨리 권 팀장에게 달려갔다.

"팀장님!"

슬쩍 부축하면서 접착 마법을 풀자 권 팀장은 탁대의 품에 안기고 말았다.

"괜찮으세요?"

"뭐야? 바닥 청소를 어떻게 했길래 발이 붙는 거야?"

목소리를 높이며 대리석 바닥을 노려보는 권 팀장.

"죄송합니다. 제가 한 번 닦겠습니다."

탁대는 환경실로 가서 밀대를 가지고 왔다. 공익도 마침 서고에서 나온 상황. 탁대는 밀대를 공익 손에 쥐어주었다.

"닦아!"

"내가요?"

"그럼 내가 하리?"

탁대는 우뚝 버티고 서서 공익을 노려보았다. 대통령 표창을 받은 국민영웅과 공익의 불꽃 튀는 기싸움이 시작되었다. 하지만 공익의 기는 탁대의 그것에 댈 바가 아니었다. 공익은 결국 오만상을 찡그리더니 하는 수 없이 바닥을 닦기 시작했다.

*   *   *

황강교 이상 무.

상기 공사는 준공검사 시에 사소한 문제가 제기되었지만 바로 처리됨. 기타 본공사를 둘러싸고 소소한 민원이 제기된 바 담당자에게 서면 경고하는 것으로 일단락되었음. 공사를 맡았던 건설사 팀과 함께 재검토 결과 특이점이 보이지 않고 교량의 이상도 발견되지 않은 것으로 사료됨.

봉황시의 양대 교량으로 불리는 황강교는 이렇게 일단락이 되었다. 기타 선우 팀장이 진두지휘한 잡다한 다리의 안전문제도 이상이 없다는 보고였고 그것을 둘러싼 업무 비리도 특이점은 없었다.

마지막으로 남은 건 봉황대교.

"과장님!"

강 주임의 보고서를 받아 든 권 팀장이 도 과장에게 눈짓을 하고 상담실로 들어갔다. 도 과장은 잠시 후에 그 뒤를 따랐다.

"뭐 나왔냐?"

탁대는 옆 자리에 앉은 팔호에게 슬쩍 턱짓을 했다. 눈치 빠른 놈이니 탁대가 모르는 정보를 감지했나 확인하는 것이다.

"낸들 압니까? 두 실세께서 알아서들 하시겠죠."

'이팔호도 모른다? 하지만 두 양반이 들어가는 걸 봐서는 뭔가 있다는 건데?

탁대는 볼펜을 굴리며 고개를 갸웃거렸다. 그러면서 감사 자료를 검색했다.

누가 징계를 받고 누가 처벌을 받았을까? 탁대의 화면에는 모든 징계가 보이지는 않았다.

자세히 보이는 건 하위직 징계뿐이었다. 상위직급에 관한 징계는 이름과 직급, 그리고 처분사항이 전부였다. 가장 중요한 징계사유 등이 보안에 걸린 것이다.

'이건 권 팀장이 관리한다는 얘긴데……'

상위직급에 대한 미련은 살짝 접고 하위직 징계처분을 주목했다. 거기서도 의문점은 많았다. 공직생활이 위태로운 정도의 투서나 진정이 올라온 사람 중에 조사조차 착수하지 않은 게 있는가 하면 사소한 품위나 불친절 등에 대한 투서임에도 징계를 내린 사안도 있었다.

'잡골들인가?'

골똘히 생각에 잠겼을 때 탁대 앞의 전화기가 울었다.

"감사합니다… 네."

권 팀장의 호출이었다. 관등성명에 대한 말이 시작하기도 전에 끝난 권 팀장의 한마디.

―상담실로 와.

분위기는 안 좋았다. 그건 목소리만으로도 알 수 있었다.

똑똑!

노크를 두 번 하고 들어섰다. 도 과장은 창가에 엉덩이를 걸치고 서 있고 권 팀장은 의자에 어깨를 기대고 있었다.

"부르셨습니까?"

"앉아."

대화를 이끄는 건 여전히 권 팀장이었다. 탁대는 맨 끝 자리의 의자를 당겨 앉았다.

"조사팀 점검은 다 끝났나?"

"예. 별 이상이 없었습니다."

"하긴 선우 팀장의 능력이라면 그 정도는 식은 죽 먹기겠지."

"……."

"넘깁니다."

손에 서류를 집어든 권 팀장이 도 과장을 바라보았다. 도 과장은 목을 한 번 끄덕해 동의를 표했다.

턱!

탁대 앞에 서류 한 뭉치가 던져졌다.

"뭐죠?"

"봉황대교 공사 비리 관련 서류야."

'봉황대교 비리?'

"그걸 자네가 맡아줘야겠네."

권 팀장의 말과 함께 탁대의 눈빛이 튕겨 올랐다. 전혀 의외의 상황이었기 때문이었다.

"과장님 특별지시야. 선우 팀장에게는 내가 말할 테니까 다른 업무 미뤄두고 그거부터 파악해."

"팀장님……."

"혼자 하는 건 아니고 강 주임도 동시 진행하게 될 거야. 공정성을 확보하기 위해서 그러는 거니까 자네는 소신껏 하면 돼."

"······."

"나가봐."

"예."

탁대는 서류를 들고 일어섰다. 뜻밖의 일이었지만 조사하라는 데야 이의가 있을 수 없었다. 복도로 나온 탁대는 심호흡부터 했다.

'대체 무슨 일일까?'

봉황대교는 본래 권 팀장이 맡은 건이었다. 그런데 그게 탁대에게 넘어왔다. 뭔가 이유가 있지 않고서야 있을 수 없는 일이었다. 탁대가 고개를 주억거릴 때 안에서 소리가 새어 나왔다.

"꼭 이러셔야 합니까?"

낮게 깔린 저음의 목소리. 권 팀장이었다.

"다 자네 돕자고 그러는 걸세."

창가에 있던 도 과장이 걸음을 떼며 말했다. 둘 다 담담한 표정이지만 눈빛만은 맹렬한 기세를 내뿜고 있었다.

"나를 돕는다고요?"

"부시장님도 봉황대교 투서가 들어온 거 알고 계시네. 그런 마당에 자네가 이상 없다고 한들 객관성이 보장될까? 그나마 조탁대와 함께 크로스로 조사했다고 하면 좀 나을 걸세."

"그거야 두고 봐야 알 일이죠. 감사실에 그렇게 인물이 없어서 신참을 동원했냐고 웃을 수도 있는 일입니다."

"신참이지만 그냥 신참이 아니잖나?"

"보건소 건과는 사안이 다릅니다. 사생활이 아니고 닳을 대로 닳은 고참 간부들을 상대하는 일이라고요."

"그거야 권 팀장의 오른팔인 강 주임이 있으니 그리 걱정할 일은 아니지 않나?'

"어쩨 비꼬시는 것 같습니다."

"천만에. 나도 감사과장 출신으로 기왕이면 감사실의 능력을 의심받고 싶지 않아서 짜낸 묘수라네."

"조탁대가 또 한 번 대박을 치길 바라는 거라면 슬픈 일입니다. 봉황대교 비리 건은 이미 2년 전에 완전히 끝난 일 아닙니까?'

"부시장님이 콕 찝어서 말하는데 어쩌자는 건가? 형식적으로라도 짚고 가는 수밖에!'

"시장님 생각은 그렇지 않을 거 같아서 말입니다."

권 팀장은지지 않고 응수했다.

"그럼 두 양반을 모아놓고 담판을 지으라고 할까?'

"······."

"자네도 내 자리 노리는 사람 아닌가? 기왕 내려온 지시니 시늉이라도 내는 게 좋아."

"일은 벌써 그렇게 되었지요. 하지만······."

권 팀장은 미간을 찡그린 채 말을 이었다.

"행여 차인묵 건설과장님을 뭉갤 생각이라면 포기하시기 바랍니다. 그렇게 되면 하진우 국장님도 발목을 잡힐 테니까요."

"곧 밀려날 내가 무슨 힘으로 표적 사정을 한단 말인가? 넘겨 짚을 필요 없네."

도 과장은 그 말을 끝으로 돌아섰다. 하지만 권 팀장의 목소리가 발목을 세웠다.

"그렇잖아도 말씀 하나 전해달라고 인사과에서 말하더군요."

문 앞까지 왔던 도 과장이 돌아보았다.

"아직 용단을 내리지 못했습니까?"

"결국 나를 밀어내기로 결정한 모양이군?"

"그 친구가 한때 과장님을 모신 적이 있어서 대놓고 말하기 곤란한 눈치입니다."

"결자해지라는 말도 있으니 맞춤한 일 아닌가?"

"과장님이 명예퇴직을 한다고 해서 감사과장이 제 자리가 되는 건 아닙니다. 똥차가 한둘이 아닌 걸 알면서 그러십니까?"

"똥차 하나 앞세우고 일이 년쯤 있다가 또 밀어낸 후에 차지하면 될 거 아닌가? 한 번이 어렵지 두 번이야 일도 아닐 텐데."

"결론을 말씀해 주시지 않았습니다."

"생각해 보겠네."

"과장님!"

"고참 사무관들이 용퇴해야 팀장들 숨통이 트이는 건 나도 알고 있네. 하지만 나도 먹고 살아야 해서 말이야."

"이러시면 배 국장님께서 난감해하실 겁니다."

"자네가 걱정할 일이 아니네."

도 과장은 그 말을 남기고 문을 나갔다. 혼자 남은 권 팀장은 흐음 짧은 신음을 토하며 눈빛을 세웠다. 면도날처럼 날카로운 눈빛이었다.

복도로 나온 도 과장은 화장실로 들어갔다. 탁대가 계단참에서 나온 건 그때였다.

'뭐야? 도 과장님도 퇴직 압박을 받는 건가?'

놀랍기 그지없는 일이었다.

원래 공무원들은 법에 의해 정년을 보장받는다. 그 자신이 비리나 불법을 자행하지 않았다면 말이다. 하지만 상당수 지자체들은 이런 규정을 지키지 않는다.

공무원의 꽃으로 불리는 5급 사무관.

하위직으로 출발한 공무원들은 누구나 그 자리를 원했다. 그러나 사무관 자리는 턱도 없이 적었다. 그러다 보니 관례적으로 고참 사무관에게 명예퇴직 압박을 가하는 지자체가 많았다. 대상 연령은 57세 전후. 이들이 용퇴 결정을 내려주면 6급 인사에 숨통이 트이는 것이다.

다만 뜻밖인 것은 그 대상이 감사과장이라는 점이었다. 감사과장이라면 봉황시 핵심 사무관 3인방에 속한다. 말하자면 국장 승진 코스 중의 하나라는 것이다. 그런데 승진은커녕 짤릴 처지에 처해 있다니? 더구나 그는 찬밥 취급받는 잡골도 아니고 성골이 아닌가?

알면 알수록 머리가 쭈뼛 서는 공무원 조직. 탁대는 그 자신이 시정을 좌우하는 중심 부서 속에 있음을 한 번 더 절감했다.

봉황대교 비리 투서 사건.

그 일은 이미 조사를 끝내고 징계까지 마친 사건이었다. 공사업체로부터 억대의 금품이 받고 기준 미달의 자재 사용을 눈감아 줬다는 게 핵심이었다.

조사 결과 혐의를 받던 건설과 3인방은 대부분 무혐의 처리되었다. 실제로 기백만 원대의 금품을 수수한 정황이 밝혀졌지만 대다수 직원들 회식비와 사무실 잡비로 쓴 게 인정되었다. 기타 팀장과 과장이 골프장 회원권을 받았다는 말도 있었지만 그 역시 무료 부킹을 몇 번 간 게 와전된 걸로 나와 경고로 그쳤다.

그 처분 결과를 보면,

건설과장 차인묵 훈계.

주무팀장 기광준 불문 경고.

담당 주무관 행정주사보 마일민 감봉 3개월.

결국 투서의 비중에 비해 솜방망이 처벌로 끝나고 말았다.

다만 재미난 건 말단 담당자의 처벌이 간부들에 비해 비교적 강했다는 점이었다.

'윗선들은 모르쇠로 일관했군.'

전형적인 발 빼기 전략. 일단 사고가 터지면 윗선들은 꼬리 끊기에 바쁘다. 담당자가 알아서 한 일이지 자기들은 책임이 없다는 것이다. 탁대는 분통이 터졌다. 사실 간부들이 인허가나 민원제기에 대해 모를 턱이 없다. 하지만 사고가 나면 담당자의 책임으로 떠미는 것이다.

더 재미난 건 마일민이 그 후에 서울로 전출해 갔다는 점.

'쫓겨 간 건가? 아니면 정나미가 떨어져서 가버린 건가?'

탁대가 골똘할 때 강 주임이 상담실에서 돌아왔다.

"들어가 봐. 바쁘시다니 요점만 물어보고."

대상자에 대한 1차 조사를 마친 강 주임이 탁대 어깨를 짚으며 말했다. 하지만 탁대는 그들을 만나지 않았다. 대신 업무 출장을 나와 서울로 향했다.

혼자 독박을 쓴 주무관 마일민, 그를 만나려는 것이다. 그 계획은 누구에게도 말하지 않았다. 혹시라도 마일민을 아는 사람이 있어 미리 입을 막아버리면 곤란했기 때문이었다.

버스 안에서 신문을 읽었다. 지나간 신문철을 뒤져 겨우 찾아낸 기사들. 얼마나 도움이 될지는 모르지만 승부를 걸어볼 생각이었다.

오랜만에 나온 서울은 역시 화려했다.

가장 화려한 건 젊은 여자들의 스커트였다. 봉황시에서는 중심부에 나가야 겨우 눈에 띄는 초미니가 서울에서는 눈만 돌리면 보였다. 게다가 세련된 패션이라니… 봉황시에서 그리 멀지 않은 곳이지만 어쩌면 이렇게 차이가 나는지 신기할 뿐이었다.

"마 선배님."

서울의 한 구청을 찾아간 탁대는 민원실 앞으로 내려오는 마일민을 만났다. 당년 37살의 마일민. 서울로 전출오는 통에 한 직급 깎였다가 회복해서 여전히 7급인 상태였다.

"봉황대교?"

구청 휴게실에 앉은 그는 눈살부터 찡그렸다.

"죄송합니다. 다 잊으셨을 텐데……."

"오래전이긴 하지."

대답하는 그의 눈에서 레이저가 튀어나왔다. 좋은 감정이 아닌 건 틀림없어 보였다.

"다리 사건 때문에 또 건드리는 모양이군."

탁대가 온 목적은 그가 먼저 알고 있었다. 그 역시 현직 공무원이니 이상한 일이 아니었다.

"조사한 서류하고 처분에 대한 건 전부 확인했고요 그래서 사실 확인차 왔습니다."

"그럼 그대로 보고해요. 어차피 끝난 일인데……."

마일민은 다 마신 자판커피 종이잔을 구기며 일어섰다. 탁대는 그가 날숨을 쉬며 돌아설 때 준비한 한마디를 날렸다.

"한마디로 독박 쓰신 거죠?"

"……."

성큼 걸어가던 마일민의 걸음이 멈췄다.

"돈은 위로 올라갔을 테지만 문제가 생기자 일부는 돌려주어 입을 막았을 테고… 누군가는 책임을 져야 하는데 팀장이나 과장, 국장은 꼬리 끊기에 바빴을 테고."

탁대의 말이 멈추기 무섭게 마일민이 돌아보았다. 가볍게 경련하는 그의 눈자위를 탁대는 놓치지 않고 더욱 닦아세웠다.

"시키는 대로 하면 막아주겠다며 시나리오를 줬겠죠. 힘없는 담당자는 그대로 따를 수밖에 없었고."

"지금 소설 쓰나?"

"틀렸군요. 내 생각에는 담당자도 간부들 모르는 향응이나 금품을 받았을 겁니다. 그러니 그 자신도 켕기는 곳이 있어 받아들였겠지요."

"너, 지금 무슨 헛소리를 하고 있는 거야?"

침착하던 마일민의 목소리가 높아졌다.

"담당자는 간부들 모르게 얼마나 먹었을까요? 오백만 원? 아니면 천만 원?"

"이 친구가 보자 보자 하니까 정말!"

마일민의 흥분이 극에 달할 때 탁대는 들고 온 신문을 내밀었다.

"선배님 이야기가 아니라 오래전에 있었던 공무원 비리 기사 이야기입니다."

너무나 담담하게 신문을 내민 탁대. 보기 좋게 펼쳐 진 신문에는 과거 서울시의 비리 사건이 사진과 함께 나와 있었다. 기사 제목을 본 마일민의 긴장이 빠르게 풀리는 게 보였다. 순간, 탁대는 독심 마법을 시작했다.

─휴, 난 또 그 일이 죄다 들통 난 줄 알았네.

─그때 내가 먹은 돈도 천만 원이라서…….

천만 원.

마일민이 그 생각을 할 때 탁대의 머리에 딸깍 밝은 등이 켜졌다. 원하던 꼬리를 잡은 것이다.

─그나저나 이 자식, 어린놈이 무지하게 기분 나쁘네. 지가 국민 영웅이면 영웅이지…….

탁대는 조금 오만한 눈빛으로 마일민을 노려보았다. 상대를 자극하기 위함이었다.

―미친놈. 네깐 게 노려보면 어쩔 건데?

―그 돈은 이미 내 애인 학비로 다 나갔거든. 지금은 내 마누라가 되었지만.

거기까지 독심을 한 탁대의 입가에 미소가 번져 갔다.

"웃어?"

"그럼 울까요? 선배님!"

"헐~! 당신 국민영웅이라기에 대단하게 봤더니 정신 상태가 너무 안드로메타틱 한 거 아니야?"

"선배님이라면 안 웃겠습니까? 선배님이 따로 천만 원 뇌물을 받고 그 돈으로 좋아하던 애인의 대학 학비를 댔으며 그 후로 결혼에 성공해서 같이 살고 있는데!"

탁대는 묵직한 저음으로 마일민을 압박해 들어갔다.

"지금 제 이야기는 신문 기사가 아니라 선배님 이야깁니다. 틀렸나요?"

"……!"

탁대가 다그치자 일민은 휘청거리며 중심을 잃었다.

'접착!'

탁대는 그의 발바닥에 접착 마법을 걸어 넘어지지 않도록 조치하고 팔을 잡아 중심을 세워주었다.

"제가 틀렸습니까?"

"무, 무슨 헛소리야?"

마일민은 필사적으로 부정했다.

"동의하지 않는다면 방금 그 사실을 기록해서 검찰에 수사 의뢰를 하겠습니다. 그럼 진실이 밝혀지겠지요."

탁대는 그 말을 남기고 미련 없이 돌아섰다. 궁지에 몰린 쥐를 압박하기에 조바심보다 더한 게 없기 때문이었다.

"이, 이봐요."

예상대로 마일민이 쫓아 나왔다.

"잠깐 얘기 좀 합시다."

태도도 바뀌어 있다. 대충 반말을 섞어대던 그가 깍듯이 공대어를 쓰고 있는 것이다.

자리를 커피전문점 테라스로 옮겼다.

탁대는 무심한 듯 지나가는 여자들을 구경했다. 다른 아무 말도 하지 않았다. 이제 칼자루를 쥐고 있는 건 탁대였으므로.

"차 과장하고 기 팀장이 나 죽이라고 한 겁니까?"

그가 처음 꺼낸 말이 탁대의 주의를 끌었다. 첫마디가 중요하다. 고스톱을 칠 때도 그렇다. 처음 먹는 화투가 상대방의 노림수인 것이다.

"알면서 물으시는 건 또 뭐죠?"

탁대는 느긋하게, 계속 먼 곳을 보며 대답했다. 더 초조해진 마일민은 뜨거운 커피를 단숨에 마셔 버렸다.

"개새끼들… 나한테 씌우는 걸로 끝내기로 한 사건을 가지고…….."

후끈 달아오른 일민은 분을 곱씹으며 빈 잔을 만지작거렸다.

탁대는 그쯤에서야 천천히 입을 열었다.

"봉황종고 출신 아니시죠?"

"내가 거기 출신이면 독박 썼겠습니까? 다 한통속들인데……."

냉소적으로 반응하는 일민.

"독박은 아니죠."

탁대가 넌지시 압박을 주었다. 그 자신도 뇌물을 먹은 주제에 그런 말을 할 자격은 없어보였다.

"나한테 바라는 게 뭡니까?"

체념을 한 건지 일민은 낮은 톤으로 물었다.

"진실!"

칼자루를 쥔 탁대, 마일민을 바라보며 잘라 말했다.

퇴근 무렵 사무실로 복귀한 탁대는 상담실에서 기광준 팀장을 기다렸다. 그는 권 팀장과 함께 들어서며 툴툴거렸다.

"그러니까 다 끝난 일을 가지고 왜 이렇게 번거롭게 구냐고?"

"죄송합니다. 그냥 형식적으로 하는 거니까……."

"형식이고 나발이고 당신이 불려 다녀봐. 기분 좋은가."

"간단히 몇 마디 물어보고 끝낼 겁니다."

"말이야… 다른 직원들 수군거리는 거 아는 거야 모르는 거야?"

기광준이 자리에 앉자 권 팀장은 찡긋 눈짓을 하고는 나갔다.

"자네가 국민영웅 조탁대로군."

기 팀장은 탁대를 보자마자 각부터 세웠다.

"그냥 감사실 직원입니다."

"벌써 두 번째야. 나 야간에 확인할 업무 있으니까 빨리 끝내자고."

"당연히 그래야죠. 번거롭게 해드려서 죄송합니다."

"어쩌겠나? 다른 사람도 아니고 국민영웅이 묻겠다는데야……."

기 팀장의 말 속에는 뼈가 엿보였다.

탁대는 일단 차부터 한 잔 내놓았다.

"이런 거 필요 없으니까 본론만 말하라고."

"그게… 제가 좀 피곤해서 깜빡 졸았는데 말입니다……."

탁대는 생뚱맞은 꿈 이야기로 화두를 시작했다.

"꿈?"

"하도 생생해서 말이죠. 한 번 들어보시겠습니까?"

"이 친구 한가롭네?"

"1억 원 배달하신 거 팀장님이 맞죠? 아니 정확하게 말하면 5천만 원 한 번에 3천만 원 한 번, 그리고 2천만 원이었던 거 같습니다."

"……?"

"한 번은 과장님과 함께 룸싸롱에서 받았고 나머지는 주무관을 통하거나 직접 받았죠."

"이, 이 친구……."

"꿈 이야기입니다."

"……?"

"팀장님이 3천 챙기고 나머지는 위로 전달… 나중에 문제가 생기자 그중 2천을 토하면서 빌린 돈으로 처리했군요?"

"조탁대……."

"꿈이라니까요."

"……."

"제가 가끔 헛꿈을 꾸는데 너무 생생해서 결례를 무릅쓰고 말씀드렸습니다. 그럼 이제 본격적으로 시작해 볼까요?"

거기까지 말한 탁대는 담담한 시선으로 기 팀장을 바라보았다. 기 팀장의 얼굴은 우윳빛으로 하얗게 질려 있었다.

"닦으시죠."

탁대는 휴지를 몇 장 빼서 내밀었다. 그의 땀이 볼을 타고 턱선 아래로 다이빙을 하고 있었기 때문이었다. 그 얼굴을 뚫어져라 쏘아보면서 탁대는 독심을 펼쳤다.

—이 새끼, 이거…….

—꿈이라고 하면서 은근 사람 떠보는 거 아니야?

—그런데 어떻게 그렇게 딱 들어맞는 거지?

"딱 들어맞는다고요?"

주목하던 탁대가 슬쩍 염장을 질렀다.

"뭐, 뭐라고?"

그러자 영락없이 화들짝 놀라는 기광준.

사실 그는 놀랄 수밖에 없었다. 탁대가 한 말은 지어낸 게 아니었다. 그건 마일민이 토설한 진실이었다.

'당신은 우리 시 직원이 아니니 배제하겠습니다.'

탁대가 던진 옵션. 마일민은 그걸 뿌리칠 재간이 없었다. 결국 그는 경찰 수사에서도 함구했던 입을 열고 만 것이다.

업자와 결탁해 공사를 발주, 그러나 뇌물액수 견해 차이로 설전, 결국 건설사에서 예상보다 3천만 원을 더 지불함으로써 불만의 불씨가 커짐, 그러자 건설과 측에서 저품질 자재를 문제 삼아 압박, 원만한 로비에 실패하고 짤린 현장소장이 친인척을 동원해서 각 기관에 투서, 감사실과 경찰의 조사가 들어오자 먹은 돈의 일부를 돌려주고 빌린 것으로 입을 맞춤, 미숙한 업무 처리 결과는 마일민이 뒤집어쓰고 종료.

…주범은 기광준.

그건 마일민에게 확인한 일이었다. 공사비의 5~10%는 리베이트로 알고 살아온 과거 공무원 세대의 구태를 몸에 익힌 기광준. 그가 업자들과 결탁해 일을 벌이고는 책임을 마일민에게 떠넘긴 것이다.

그게 가능했던 건 그가 마일민의 또 다른 비리를 알고 있었기 때문이었다. 담당자로서 몇 번 받았던 떡값과 향응을 증거로 압박했기 때문에 마일민은 제의를 받아들일 수밖에 없었다.

또 한편으로 가능했던 건 기광준이 바로 성골 혈통이라는 사실.

요직의 비호를 받고 있던 그는 입막음을 위해 결제 단계와 관련 부서의 실세 팀장들에게 일제히 고급 양주를 돌렸던 것이다. 그러니 그들 역시 기광준의 수습안을 눈감아 주고 말았다.

쾅!

당황한 기광준은 두 손으로 테이블을 내려쳤다.

"자네 지금 뭐 하자는 거야?"

발끈하며 눈을 부라리는 기광준. 간부의 권위로 자리를 모면하려는 속셈이었다.

"아, 그리고 보니 로얄살루트 38년산도 12병 사셨더군요. 그걸 받은 사람들 얼굴도 생각나는데 이름까지 말해볼까요?"

"……!"

"물론 이형민과 권해관 팀장은 당연 포함되었을 테고……."

탁대는 혈압이 상승한 기 팀장에게 쐐기를 박았다. 금액보다 디테일한 뇌물용 선물. 그것까지 제시하고 나자 기 팀장은 사시나무처럼 떨기 시작했다.

"개꿈 얘기를 드려서 죄송합니다. 사실 시장님 지시라니까 조사를 하기는 하는데 뭐 물어볼 게 있어야죠. 그래도 일하는 흉내는 내야겠기에 결례를 했으니 용서해 주시기 바랍니다."

"……."

"나가는 문은 저쪽입니다."

탁대는 여전히 후들거리는 기 팀장에게 친절하게 출입문을 가르쳐 주었다.

'심리에 관련된 책을 좀 읽어야겠어.'

탁대는 그제야 겨우 기지개를 켰다.

"별다른 점은 없는데요?"

이튿날, 강 주임이 권 팀장과 도 과장 앞에서 중간보고를 했다.

"조 탁대는?"

권 팀장이 탁대를 바라보았다.

"저는 아직……."

탁대는 중간보고를 하지 않았다. 아직 한 사람이 남아 있었기 때문이었다.

"진짜 건진 거 없어?"

탁대가 복도로 나오자 슬쩍 따라 나와 물어보는 강 주임.

"어려운데요?"

"당연하지. 감사실 업무가 보통인 줄 알아? 시청 업무 중에서 최고 난이도라고."

그건 공감했다. 특히 이해관계가 얽힌 일이라면 더 그럴 것이다. 아무리 감사실이라고 하지만 경찰이나 검찰은 아니다. 더욱이 전부 인맥이나 안면으로 얽힌 사이들. 그런 환경에서 객관적인 잣대로 조사하고 결론을 내린다는 건 어려울 수도 있었다.

좋은 게 좋은 거.

공무원 사회에 만연한 말처럼!

잠시 창가로 온 탁대는 머릿속에 남은 시나리오를 그렸다. 어제 차인묵을 부르지 않은 이유가 있었다. 당직사령관.

어젯밤 당직자 명단 맨 꼭대기에 차 과장의 이름이 있었기 때문이었다.

공무원들은 보통 당직을 하면 다음 날 오전을 쉬고 옷도 갈아 입고 오후에 출근하게 되어 있다. 하지만 이렇게 되면 먼 거리의 직원들은 길바닥에서 시간을 허비하고 만다. 그러다 보니 거꾸로 오전을 일하고 오후에 들어가는 게 상례였다.

경우에 따라서 약아 빠진 공무원들은 아침 출근이 끝나면 슬쩍 들어가기도 하고 반대로 업무가 바빠 아예 들어가지 못하는 사람도 있었다.

탁대가 기다린 건 차 과장의 행태 때문이었다. 그는 당직이나 숙직 다음 날에 꼭 찜질방으로 간다. 거기 불가마에서 뜨끈하게 개기름을 녹인 후에 한잠 때리고 점심 때 복귀한다. 그 말을 전해들은 탁대는 손가락을 딱 하고 튕겨냈다.

'대박!'

잠을 잔단다. 그렇다면 탁대에게는 더 없는 기회였다. 타자환몽을 하면 무엇도 거리낌이 없으니까.

잠시 후에 탁대의 전화기가 울렸다. 방호원 맹대우였다. 미리 그에게 부탁해 오전에 차 과장이 나가면 연락해 달라고 당부했던 탁대였다.

"알겠습니다."

차 과장이 떴다. 탁대는 감사실로 들어가 업무 출장 결재를 올렸다. 전자결재가 떨어지자 사무실 꼬마 냉장고에서 박카스 두 병을 꺼내들었다. 맹대우에게 줄 보은의 음료수였다.

"아이고, 뭘 이런 걸 다……."

맹대우는 황송하게 음료수를 받아 들었다. 처음부터 기능직 생활을 한 그는 겸손하고 검소했다. 아무리 신규라도 정규직에게는 꼬박 공대를 하고 잠시도 자리를 뜨지 않는 사람. 그럼에도 불구하고 그는 기껏 시장 표창 하나밖에 받은 게 없었다.

공무원들은 보통 한 직급에서 표창 한 개 정도는 우습게 건져 간다. 실세로 불리는 부서라면 더욱 그렇다. 해외연수 등의 기회도 위에서 아래로 흘러간다. 그러니 맹대우처럼 정문이나 지키는 늙은 방호원은 그 흔한 표창 하나도 제대로 건지지 못하는 것이다.

백두산 찜질방.

탁대는 그 앞에서 숨을 골랐다. 시청에서 가장 가까운 곳이니 여기가 틀림없었다. 안으로 들어간 탁대는 양머리부터 만들었다. 그걸 뒤집어쓰니 쿡하고 웃음이 나왔다. 다음으로 할 일은 스캔이었다.

차 과장이 스캔된 곳은 장작 불가마 안이었다. 탁대는 잠깐 있다가 나왔다. 설마 하니 이 뜨거운 불가마 앞에서 잠들 인간은 없었기 때문이었다.

차 과장은 20여 분이나 버티다 나왔다. 헐 하는 신음이 절로 나왔다. 늙으면 뜨거움도 모르게 되는 걸까? 탁대라면 5분도 견디기 힘든 불가마였다.

맥반선 계란을 까고 미역국까지 마신 차 과장이 벌렁 자리를 잡았다.

'이제야 잠들 모양이군.'

구석의 안마의자에서 몸을 풀던 탁대는 눈빛을 거두지 않았다. 다행히 차 과장이 꿈속으로 가는 데는 오래 걸리지 않았다.

슬쩍 일어선 탁대는 차 과장 옆으로 가서 앉았다.

"드르릉 푸하~!"

코 고는 소리도 유난했다. 탁대는 눕는 척하면서 차 과장의 팔뚝으로 손을 가져 갔다.

'들어가라. 이 꿈속으로!'

화아악! 주문과 함께 탁대는 차 과장의 꿈속으로 스며들었다.

차 과장은 돼지꿈을 꾸고 있었다. 그런데 돼지들이 말라비틀어진 들개 같았다. 게다가 차 과장을 반기기는커녕 물어뜯으려 하고 있다.

"살려줘."

차 과장은 미친 듯이 뛰었다. 하지만 늘 그 자리다. 악몽은 누구에게나 비슷하게 나타난다. 위기의 순간, 아무리 뛰어도 속도가 붙지 않는 것이다.

'잠에서 깨면 곤란하지.'

탁대는 돼지 떼 앞에 커다란 화염탄을 뿜어댔다.

꽤애액!

놀란 돼지들은 혼비백산하며 흩어졌다.

"어디서 본 듯한 얼굴인데?"

정신이 혼미해진 차 과장은 탁대를 한 번에 알아보지 못했다.

"검찰입니다."

탁대는 전에 본 검찰청의 어 계장으로 변했다. 시청을 밥 먹듯이 드나든 그였으니 차 과장도 얼굴 정도를 알고 있으리라는 계산이었다.

"어, 어 계장님?"

다행히 차 과장은 탁대의 기대를 저버리지 않았다.

"봉황대교 뇌물수수 건으로 나왔소. 같이 좀 갑시다."

탁대는 수갑을 철컹철컹 흔들었다. 그러자 차 과장은 금세 사색이 되었다.

"내, 내가 왜?"

"그때 그 사건, 당신이 진두지휘해서 무마한 거 아닙니까? 증인들이 다 말했으니까 검찰청으로 갑시다."

"증인이라니? 누구 말입니까?"

"하진우, 기광준, 마일민… 더 필요해?"

그쯤에서 느긋하게 반말로 압박하는 탁대.

"그, 그 사람들이 전부 나한테 떠밀었다는 겁니까?"

"당신이 다 조종했잖아? 쪽팔리게 떠밀지 말고 화끈하게 인정하자고. 대봉황종고 성골이 쪽팔리게 왜 이래?"

"나는 억울해요. 내가 왜 주범으로 몰려야 합니까?"

차 과장은 폭포 같은 땀을 흘리며 뒷걸음질을 쳤다.

"뭐가 그렇게 억울한데? 먹은 거 맞잖아?"

"먹긴 먹었지만 혼자 먹은 건 아니오. 기 팀장이 그냥 기름값이나 하라고 찔러주길래……."

기름값? 푸헐, 이 인간아. 대한민국 기름값이 언제부터 기천만 원씩 했는데? 네 차는 무슨 마이바흐 할아버지라도 된단 말이냐?

"나도 나중에야 알았다니까요."

"그게 다다?"

"그, 그렇소. 하늘에 맹세합니다. 아니 우리 부모님의 명예를 걸고……."

뚝 잡아떼는 차 과장. 아무래도 좋은 말로는 안 될 것 같았다.

'그럼 나도 스트레스 좀 푸는 수밖에.'

탁대는 후끈한 열기를 뿜어냈다. 꿈속이다. 아무리 조져도 불법이 아니다. 게다가 진단서가 나올 것도 아니었다.

후욱!

가볍게 의지를 집중하자 트럭 바퀴만 한 불덩이가 용암처럼 이글거리며 양손에 피어올랐다.

"왜, 왜 이러시오? 으악!"

퍼엉 하는 소리와 함께 화염이 차 과장을 직격했다. 그건 시작에 불과했다. 차 과장의 입을 쫘악 벌어지게 한 탁대는 그 안으로 동전부터 퍼부었다.

'만땅으로 만땅으로!'

십 원, 오십 원, 백 원, 오백 원 동전이 줄기를 이루며 차 과장 입 안으로 차고 들어갔다.

"끄어어, 그, 그마… 그마……."

동전을 먹고 배불뚝이가 된 차 과장이 눈물과 콧물을 뿜으며 애걸을 했다.

"이제 시작인데 그러시면 섭하지."

탁대의 시선이 닿자 차 과장의 배가 펑하고 터졌다. 눈이 휘둥그레져 배를 바라보는 차 과장. 하지만 피는 나오지 않았다. 배에서 나온 건 왕 바퀴벌레들이었다.

"으어어!"

혼비백산한 차 과장은 뒤로 기다 바위에 닿았다. 그러자 이번에는 바위가 둥실 떠올랐다.

"······?"

뭐라고 말할 새도 없이 바위가 차 과장을 뭉갰다. 바위도 갈라지며 지폐로 변했다. 차 과장을 덮은 지폐들은 바로 펄펄 끓는 용암으로 변하더니 차 과장을 하체부터 녹이기 시작했다.

"살려줘!"

비명을 지르는 그를 구한 건 골프채였다. 둥실 떠온 골프채가 차 과장의 목덜미를 걸어 끌어올린 것이다. 그렇다고 징벌이 끝난 건 아니었다.

'골프 공?'

어느새 하늘을 덮은 골프공이 날아들었다. 더욱 공포스러운 건 그 골프공들이 철퇴처럼 돌기를 가졌다는 것. 차 과장은 골프공에 닿기도 전에 까무러치고 말았다.

"어허, 이 양반이. 밝히기만 했지 기가 영 신통치 않네."

탁대는 차 과장의 의식을 제자리로 돌려놓았다.

"제발··· 제발 살려줘요."

기가 질린 차 과장은 똥오줌을 지리며 애걸했다. 공포에 질린 얼굴을 보니 가련해 보였다. 권세를 휘두르는 사람들. 그들 중에는 일반인보다 비겁한 족속이 많았다.

"그럼 진실!"

탁대는 차갑게 압박했다. 사건의 본질만 알려준다면 딱히 골려먹고 싶은 생각도 없었다. 자칫 똥물이 들지도 모르므로.

"나는 그쪽에서 중고라고 가져온 골프채 한 세트 얻고, 헌 차를 새 차로 바꿀 때 할부 비용을……."

'헐~! 많이도 해 처먹었네.'

"그것도 내가 원한 게 아니라 그쪽에서 억지로 떠넘기는 통에 원활한 업무 관계를 유지하느라……."

탁대가 숨을 멈췄다. 그건 마일민도 모르는 사안이었다. 그러니까 이 인간들, 서로 따로 업자를 쪼아 이렇게 벗겨먹고 저렇게 벗겨먹은 모양이었다.

"하지만 그것도 문제가 되었을 때 골프채도 돌려주었고 차 할부 비용도 남은 건 내가……."

"그래서 당신은 죄가 없다?"

"서로 착오로 주고받은 거 아닙니까? 더구나 다 돌려줬으니……."

"그것도 이면 서류는 교환했겠지? 나중에 일절 문제 삼지 않는다는……."

탁대가 묻자 차 과장은 고개를 끄덕거렸다.

"그런데 처벌은 왜 마일민만 세게 받았지? 죄질을 보면 당신들이 더 나쁜데?"

"그거야 그놈이 담당자니까……."

"애당초 뒤탈 없게 먹도록 융단을 깔아야 하는데 가시관을

잘못 깔았다?'

"아시네."

차 과장이 그 말을 하는 순간 탁대는 자신도 모르게 울컥해 화염탄을 날려 버렸다.

"으아악!"

홀랑 꼬슬린 차 과장이 진물을 흘리며 비명을 질렀다. 차 과장의 몰골은 볼만했다. 흡사 반쯤 타버린 꽁치처럼 깜둥이가 되었기 때문이다. 하지만, 다행스럽게도 꿈속이다. 차 과장의 몸은 점차 멀쩡하게 돌아왔다.

"제발… 한 번만 눈감아 주시오. 그럼 사례하리다."

"됐으니까 어떻게 수습했는지나 말해요."

"그거야 위에서 빨리 원만하게 수습하라고 엄명을……."

"위 누구?"

"배 국장님……."

"내가?"

차 과장의 말과 동시에 탁대는 배익환 국장으로 모습을 바꾸었다.

"아이고, 국장님!"

배 국장을 보자 금세 자지러지는 차 과장.

"이 친구, 여기서 왜 이래?'

"여기 방금 전에 검찰직원이……."

"검찰이 왜?'

"저를 잡으러 왔답니다. 그때 봉황대교 사건으로……."

"그건 그때 다 끝났잖아? 당직을 서더니 피곤한 모양인데 쉬게."

그 말을 끝으로 탁대는 연기가 되어 사라졌다. 두리번거리던 차 과장은 등에서 다가오는 섬뜩함에 놀라 고개를 돌렸다.

'으악!'

뼈만 남은 돼지였다. 돼지는 차 과장의 어깨를 덥석 물었다. 그러자 어깨가 밀가루 반죽처럼 뚝 끊어져 나갔다. 이어 또 다른 돼지가 남은 어깨를 물었다. 그렇게 셀 수도 없는 돼지들이 차 과장을 향해 달려들었다.

"으헉!"

한 돼지가 고추를 물었을 때 차 과장은 식은땀을 흘리며 잠에서 깨었다. 그 주변에는 탁대 대신 다른 사람들의 시선이 가득했다. 그들 중에서 가장 삐쩍 마른 청년이 살벌한 한마디를 던졌다.

"거 좀 조용히 합시다. C8아, 찜질방 전세냈냐? 잠꼬대를 하려면 집에서 처박혀서 하던지 이런 데서 악을 쓰고 지랄이야."

'이런 젊은 놈이 싸가지 없이.'

라고 한마디 하려던 차 과장은 입을 닫았다. 청년의 종아리에 그려진 돼지 문신 때문이었다. 어쩐지 꿈이 재현될까 두려운 차 과장은 욕탕 문을 열었다.

'꿈 한 번 더럽네.'

차 과장은 부르르 몸을 떨고는 온탕 속에 몸을 밀어 넣다가 기겁하며 뒷걸음질을 쳤다.

'물이 왜 이렇게 뜨거워?

진실은 밝혀졌다.

건설업자에게 온 뇌물은 총 1억여 원과 플러스알파. 그중 5천만 원은 기광준이 꿀꺽하고 나머지는 마일민과 차인묵 과장이 받았다. 차 과장은 다시 그 돈을 관련 국장에게 기름값이나 떡값으로 돌렸다.

기광준 또한 후환을 막기 위해 고급 양주를 돌리고 비싼 술집에서 회식을 겸했다. 만약에 문제가 되면 면피용 보험을 든 것이다.

하지만 결국 문제가 터지자 6천만 원은 돌려주었다. 건설사도 앞으로의 관계를 고려해 그 선에서 '협조' 해 주었다. 따라서 뇌물수수는 회식비와 빌린 돈으로 종결되었던 것이다.

탁대는 기 팀장과 차인묵 과장의 혐의를 정리했다.

기 팀장, 반환한 돈과 선물비 등을 제외한 1천만 원 착복.

차 과장, 돈과 골프채는 돌려주었지만 자동차 할부금으로 지원받은 8회분 7백여만 원 착복.

기타 결재 라인과 관련부서의 실세와 국장들, 기름값과 떡값 혹은 고급 양주 1병 착복.

여기에 마일민은 제외했다. 협조한 것도 있었지만 독박을 쓰고 다른 시로 쫓겨 가다시피 옮겨갔으니 더 문제 삼고 싶지 않았다.

헐~!

다시 한 번 한숨이 나왔다. 혹시 뭔가 나온다고 해도 차 과장과 기 팀장만으로 끝날 줄 알았던 사건. 그 줄을 당겨보니 시청 전체가 연관된 일이었다.

공무원들은 몇 가지 성향으로 나누어진다.

1) 처음부터 뇌물을 받기로 하고 사업을 밀어주는 자.

2) 안 주면 쪼아서 먹는 자.

3) 주면 먹고 안 주면 마는 자.

4) 후환이 없을 것 같은 뇌물은 먹는 자.

5) 절대로 땡전 한 푼 안 먹는 자.

차 과장과 기 팀장은 어디에 속하는 걸까? 탁대는 가장 악질적인 1번을 떠올리며 고개를 저었다.

총체적 난국의 대한민국!

시민들은 늘 분노하고 있다.

연말이면 약속이나 한 듯 파헤치고 교체하는 보도블록. 관급 공사에서 자주 보이는 허술한 마감공사. 주인 없는 돈이 집행되다 보니, 담당자가 바쁘다고 현장 확인도 없이 끝내는 공사가 많다 보니 날로 수준 높아지는 시민들 눈에는 모든 게 의문투성이가 되는 법이다.

"차 과장님 오고 있던데요?"

오후가 되자 다른 과를 다녀온 팔호가 퉁명스럽게 말했다. 탁대는 시치미를 떼고 상담실로 향했다. 등 뒤로 권 팀장의 시선이 따갑게 꽂혀왔지만 의식하지 않았다. 더 볼 것도 없지만 공개적으로 만난 게 아니었으니 차 과장을 상대해야 할 탁대였던 것이다.

"조사할 게 있다고?"

강자에게는 약하지만 하위직에게는 오만한 인간. 차 과장은 그새 과장으로서의 각을 세우고 있다. 꿈에서 벌벌 기던 모습은 간 데 없고 8급을 뭉개려는 헛된 위엄으로 목이 부러지실 지경이었다.

"얼굴이 좋아보이시는군요. 돼지꿈이라도 꾸셨나요?"

"……?"

탁대의 한마디에 기세 좋던 과장은 금세 사색이 되었다.

"저도 돼지꿈 꾸었는데 돼지가 뼈다귀만 있더라고요. 그놈이 제 거시기를 콱 물었는데 그런 꿈으로 복권사도 될까요?"

탁대는 깍지를 끼고 담담한 미소로 차 과장을 바라보았다. 질린 눈동자와 파르르 떠는 손은 잠시 탁대를 애처롭게 만들었다.

"내, 내가 무슨 꿈 해몽가인가?"

속내를 찔린 과장은 말까지 더듬었다.

"지금 타시는 차 할부로 뽑으셨죠?"

"……?"

한 번 더 맥락을 파고들자 차 과장의 이마에서 식은땀이 흘러내렸다.

"왜 그렇게 놀라시죠?"

"아, 아니… 그게……."

"요즘 차량 할부금이 얼마인가 궁금해서요. 저도 한 대 뽑을까 고민 중이거든요."

"그, 그런가?"

"그런데 뉴스 보니까 차 뽑고 할부를 업자들에게 떠넘기는 치졸한 공무원도 있더라고요?"

"……."

"나 참. 아직도 그런 썩은 인간들이 있나. 그래봤자 조사하면 다 나올 텐데……."

"……."

"제 얘기는 끝입니다."

"끝이라고?"

잔뜩 긴장하고 있던 차 과장이 눈을 휘둥그레 뜨며 물었다.

"네. 가셔도 됩니다."

탁대는 정중히 말했다. 뻘쭘하게 자리를 털고 일어난 차 과장은 바로 나가지 못했다. 뭔가 잔뜩 켕기는 듯한 눈빛이 역력했다.

"뭐 하실 말씀이라도?"

"아, 아닐세. 그냥……."

과장은 고개를 갸웃거리며 복도로 나갔다.

탁!

문이 닫히면서 탁대는 혼자가 되었다. 차 과장의 발소리까지 멀어지고 나니 깊은 고요와 정적이 탁대 곁에 내려앉았다.

루비콘 강.

탁대는 침묵 속에 떠오른 강을 보았다. 결과는 나왔다. 하지만 고민이 남았다. 저 강을 건널 것인가? 아니면 말 것인가?

탁대의 뇌리에 도 과장과 권 팀장이 스쳐갔다. 뒤를 이어 황 팀장도 떠올랐다.

황천수!

그에게 상의해야 하는 걸까?

하지만 탁대는 고민조차 오래 할 수 없었다. 권 팀장과 강 주임이 바로 문을 열고 들이닥친 것이다.

"차 과장님 가시던데?"

권 팀장이 탁대 앞에 앉으며 물었다. 빨리 결과를 말하라는 다그침에 다름 아니었다.

"예."

탁대는 노트를 챙기며 담담하게 말했다.

"어떻게 됐어?"

팀장 뒤에 포진한 강 주임이 끼어들었다.

"……."

탁대는 선뜻 대답하지 못했다. 그러는 동안에도 두 개의 길이 뇌 안에서 아른거렸다. 상세히 까발리고 능력을 과시하느냐? 아니면 좀 더 확실한 걸 파악할 때까지 관망하느냐?

고뇌할 때 또 문이 열렸다. 이번에는 도 과장이었다. 그가 들어서자 상담실에는 한기가 서렸다. 강 주임과 권 팀장이 입을 닫은 것이다.

"다 끝났나?"

의자 하나를 당겨 앉은 도 과장이 물었다.

"그런 모양입니다만……."

마지못해 대답하는 권 팀장이다.

"결론은?"

과장은 일단 강 주임을 먼저 바라보았다.

"중간보고 드린 바와 같습니다. 당시 경찰 결과가 나온 대로입니다."

"조탁대는?"

"저는……."

고개를 들고 도 과장을 바라보던 탁대가 담담하게 말을 이었다.

"강 주임님 조사와 대동소이합니다."

동시에 탁대는 권 팀장과 강 주임의 표정을 살펴보았다. 둘의 입가에는 잔잔한 미소가 피어올랐다.

"후우!"

그 순간 도 과장의 입에서 깊은 탄식이 흘러나왔다.

"죄송합니다."

탁대는 가볍게 고개를 숙였다.

"아니야. 자네가 죄송할 건 없지."

그 말을 남긴 도 과장은 무거운 몸을 일으켰다.

"그런데……."

순간 탁대가 넌지시 떡밥을 투하했다. 막 나가려던 도 과장이 돌아보았다.

"조사하는 동안 익명의 투서가 하나 들어왔습니다."

"무슨 투서?"

그 질문은 권 팀장과 도 과장이 동시에 했다.

"당시 관련자들이 시청에 인맥을 이룬 실세에게 명품 양주 12병을 돌렸다는……."

"……?"

권 팀장의 눈자위 파르르 떨리기 시작했다. 탁대는 그걸 놓치지 않았다.

"파헤쳐 볼까요?"

은근히 떡밥을 당겨보는 탁대.

"날마다 쌓이는 게 그런 투서야. 신경 꺼."

권 팀장이 기다렸다는 듯이 잘라 말했다. 탁대는 도 과장을 바라보았다. 잠시 생각에 잠기던 도 과장은 별다른 말없이 밖으로 나갔다.

"수고했어."

그제야 표정이 밝아진 권 팀장. 탁대의 어깨를 툭 치고는 강 주임과 함께 퇴장했다. 탁대는 잠시 생각을 가다듬고 복도로 나왔다. 그때 계단참에서 권 팀장의 낮은 통화 소리가 들려왔다.

"잘 끝났습니다. 그냥 넘어갔으니 아무 걱정 마십시오. 지금 바로 보고서 끝내서 시장님 결재까지 득할 생각입니다. 예, 예……."

탁대는 더 듣지 않고 사무실로 향했다. 상대는 차 과장일 것이다. 통화를 끝낸 권 팀장의 만면에 번질 뿌듯한 미소가 상상이 되었다.

But!

탁대의 입가에도 그 비슷한 미소가 피어올랐다. 괜히 떡밥을 던진 게 아니었다. 조탁대에게도 복안이 있었던 것이다.

8시가 다 되어서 퇴근한 탁대는 집으로 가지 않았다. 그가 들린 곳은 할머니의 막창집. 탁대가 문을 열었을 때 고동길 부장은 혼자 막창 1인분을 구워 술 두어 잔까지 들이켠 후였다.

"어이쿠, 우리 국민영웅님!"

탁대를 본 고 기자가 반갑게 고개를 들었다.

7장

곽탁타처럼!

"할 말이 있다고?"

고 기자가 반색을 하며 말했다.

"혼자 드셨습니까?"

"뭐, 나한테는 익숙한 일이야. 기자라는 게 원래 이렇거든."

"그래요?"

"삼류라서 그러는 게 아니라고. 중앙지 기자도 취재한답시고 술 먹는 일 빈번하거든. 아니지. 어쩌면 술 먹는 거 자체가 일이야!"

탁대는 소주병을 받아 술부터 따라주었다.

"뭐 좋은 소식 없어?"

고 기자도 술병을 집어 탁대의 잔을 채워주었다.

"특진 말인가요?"

"그거야 이미 다 아는 헌 뉴스고……."

"혹시 고 기자님도 아시나요? 봉황시청의 성골, 진골 파벌들……."

"그거 모르는 사람도 있나?"

"역시 아시는군요."

"그러고 보니 탁대 씨는 잡골이군. 아마 봉황시에서 학교 다니지 않았지?"

"그러네요."

"그럼 무조건 배익환에게 묻어 가. 현재 실세는 그 양반이야."

"총무국장님요?"

"만약 다음 선거에서 김성곽이가 재선하면 그야말로 초대박이지. 잘하면 탁대 씨는 초고속 6급도 바라볼 수 있을 걸?"

"듣기만 해도 기분 좋네요."

"그건 그렇고 본론이 뭐야?"

술잔을 비워낸 고 기자가 탁대를 바라보았다.

"실은 익명 기사 하나 제공하려고요."

"익명 기사?"

"있잖습니까? 몇 해 전에 있었던 봉황대교 뇌물수수 사건… 응?"

가방을 열던 탁대의 눈이 동그랗게 변했다. 안에 있어야 할 서류가 보이지 않는 것이다.

"이게 어디 갔지?"

당황한 탁대가 가방을 엎어보지만 그래도 서류는 나오지 않았다.

'뭐야? 혹시?'

상상이 혹시 라는 단어를 타고 빠르게 뻗어나갔다. 곱창집으로 오던 길, 청사 앞에서 만났던 방호원 맹대우. 거기까지 더듬어간 탁대는 뒷골이 뻣뻣하게 굳어오는 걸 느꼈다.

'맙소사, 책상!'

탁대는 목까지 나온 숨을 차마 다 쉬지 못했다. 고 기자에게 넘겨주려고 정리한 사건 파일과 출력물들. 그걸 책상 위에 두고 나온 것이다. 더구나 그 서류 봉투는 봉하지도 않은 상태였다.

"왜 그래? 뭐가 잘못됐어?"

"죄송합니다. 저 시청에 좀 다녀올게요."

그 말과 함께 탁대는 미친 듯이 뛰었다. 칼날 같은 바람이 볼을 스치는 것도 느껴지지 않았다. 사무실 문을 마지막으로 닫고 온 게 아니었다. 그러니 다른 사람이 보면 낭패 중의 낭패였다.

"어, 조탁대 씨?"

소방서를 끼고 돌 때 낯익은 여직원 하나가 아는 체를 했지만 탁대는 돌아보지 않았다.

'제발……'

청사에 들어선 탁대는 한달음에 계단을 뛰어올랐다. 마지막으로 5층 계단을 밟았을 때 심장은 터지기 일보직전이었다. 복도에 들어선 탁대는 벽에 기대 숨을 골랐다. 그때였다. 사무실에서 권 팀장과 강 주임이 나오는 모습이 보였다.

'권 팀장과 강 주임?'

둘은 뭔가 대화를 주고받으며 총무과 쪽으로 걸어갔다. 조금씩 멀어지는 발소리와 함께 탁대의 머리카락은 수직으로 선 후였다.

'젠장할, 하필이면⋯⋯.'

안으로 들어선 탁대는 책상부터 바라보았다.

"⋯⋯!"

아뿔싸!

다리가 확 풀린 탁대는 휘청 중심을 잃었다. 책상 위에 두었던 봉투가 사라진 것이다. 사무실에는 아무도 없었다. 그러면서 사라진 서류 봉투. 십 년 공든 탑이 무너진들 이렇게 허망할까? 이렇게 되면 묘책은커녕 권 팀장에게 속내까지 들켜 버린 판국이었다.

'아아, 이런 실수를⋯⋯.'

탁대가 비틀거릴 때 투박한 손길이 다가와 탁대의 어깨를 짚었다.

"과장님!"

도 과장이었다. 탕비실에 있었던 건지, 소리 없이 다가온 도 과장은 무표정하게 탁대를 바라보았다.

"⋯⋯."

"⋯⋯."

짧은 침묵이 오간 후에 도 과장이 봉투 하나를 내밀었다. 탁대가 두고 간 그 서류 봉투였다.

"자네 책상 위에 있더군. 중요한 것 같아서 내가 허락도 없이 봉했네."

도 과장은 그 말을 남기고 사무실을 나갔다. 탁대는 얼른 봉투를 뜯었다. 서류는 그대로였다.

'후우~!'

도 과장이 봤을까? 그렇다고 해도 권 팀장이 본 것보다는 나을 일. 탁대는 겨우 안도의 숨을 몰아쉬었다.

"이게 탁대 씨가 알아낸 거라고?"

다시 돌아간 막창집, 서류를 받아든 고동길이 물었다.

"예."

"역시 그랬군. 나도 이럴 줄은 알고 있었어."

고 기자는 소주를 털어 넣고 말을 이었다.

"그런데 이걸 왜 나한테 주는 건가?"

고 기자가 정곡을 찔러왔다.

"저를 스타로 만들어줬으니 보답하는 것뿐입니다."

"손 안 대고 코 풀려는 게 아니고?"

"시청의 분위기를 아니까 드리는 말인데 서로 얽히고설킨 마당에 누가 그걸 공표하겠습니까? 그러니 고 기자님이 처리하는 게 당연하지요."

"지역 언론의 사명을 다하라?"

"예!"

"이거 옵션 있지?"

"없습니다."

"그럼 실망이고……."

"가능하면 양주 12명을 받은 사람의 명단을 알 수 있게 지원해 주시면 고맙겠습니다."

"역시 있었군."

"곤란하십니까?"

"그렇다면 어쩔 건데?"

"다른 요로를 찾아봐야겠지요."

"이미 내 머릿속에 다 입력시켜 놓고 이제 와서?"

진지한 표정을 푼 고 기자가 서류를 흔들며 웃었다.

"대신 취재원은……."

"절대 비밀로 해달라는 거겠지?"

"예!"

"좋았어. 내가 12병의 명품 양주는 누가 처먹었을까 하는 기사로 봉황시청에 엿 한 번 먹여주지."

"고맙습니다."

"그건 내가 할 말이라네. 국민영웅!"

고 기자는 온화한 미소로 손을 내밀었다.

고동길을 보낸 탁대는 황천수를 기다렸다. 많은 신경을 쓴 까닭에 피곤했지만 도 과장에 관한 일이 마음에 걸렸다. 다행히 황 팀장은 먼 곳에 있지 않았다.

둘은 허름한 막걸리집에서 만났다.

"죄송합니다. 늦게 연락을 드려서……."

해물전이 나오자 탁대는 송구한 마음에 술을 부어주었다. 막
걸리도 넘치지 않고 제대로 열렸다.

"괜찮아. 그렇잖아도 갑자기 내려온 안전 대책 때문에 현장
점검하고 장광백이, 류청봉이랑 한잔하던 참이었어."

"그럼 더 죄송하네요."

"그 인간들 하고야 내일이라도 만나면 되는 거고……."

"실은……."

탁대는 조심스럽게 도 과장과 서류 봉투의 사연을 꺼냈다.

"도 과장이 내용물을 본 것 같다?"

"예."

"그래서 나를 부른 건가?"

황 팀장은 빙긋 웃으며 탁대를 바라보았다.

"그분 속내를 알 수 없어서… 괜찮을까요?"

"조탁대."

거기까지 들은 황 팀장은 술잔을 내려놓고 탁대를 똑바로 바
라보았다.

"예?"

"도상욱 과장……."

"……?"

"그 양반 자네 편이니까 걱정할 거 없어."

"……!"

"하지만 절대 내색은 하지 말게."

더 설명하지 않았지만 황 팀장의 눈빛은 더없이 진지했다. 갑자기 목이 마른 탁대는 사발의 막걸리를 단숨에 원샷해 버렸다. 황 팀장은 말없이 해물전을 밀어주었다. 그에게서는 여전히 깊은 신뢰가 느껴졌다. 더불어 아슴푸레 표강일의 모습도 겹쳐왔다.

표강일!

보이지는 않지만 그의 힘이 작용하고 있는 것이다. 하긴 봉황시의 제왕 같은 집안이니 어찌 그 정도 능력이 없을까?

그제야 마음이 놓인 탁대는 거푸 한 잔을 더 빨았다. 내장 끝까지 수직으로 내려가는 막걸리의 짜릿함. 탁대의 긴장감이 쫙 풀려 나가는 순간이었다.

봉황대교 조사 보고서가 올라가자 감사실은 잠시 평온이 찾아왔다. 관내 다리 일제 점검에서 봉황교의 결함이 발견되었지만 큰 문제는 아닌 것으로 보고되었다.

"오늘은 내가 점심 쏠 테니까 전 직원 호오 일식집으로 집합!"

기분이 좋아진 권 팀장은 감사실 전직원을 상대로 점심까지 쐈다. 그것도 두당 18,000원이나 하는 일식 정식.

사실 고참 팀장급쯤 되면 간간이 점심 정도는 쏴도 되는 형편이다. 어쨌든 한 달 실수령액이 300만 원은 넘기 때문이다. 하지만 짠돌이 공무원은 여간해서 '턱'을 내지 않는다. 그들이 턱을 내는 경우는 정해져 있다.

승진했을 때.

표창 받았을 때.

해외연수 다녀왔을 때.

더러 자녀가 명문대학에 진학했을 때.

그 외의 경우는 턱을 내는 경우가 거의 없다. 물 자체가 이렇다 보니 과장이나 팀장이 밥 한 끼 안 쏜다고 푸념하는 사람도 없다. 오히려 젊은 신규들은 과장의 턱 자체에 거부감을 갖는 경우도 많다. 눈치도 없이 2차, 3차까지 직원을 끌고 다니며 누리(?)시는 만용은 시대를 천천히 쫓아가는 공무원 조직의 특징이기도 했다.

도 과장의 표정도 나쁜 건 아니었다. 그는 권 팀장의 말을 씹지 않고 받아주었다.

'서류를 본 걸까?'

'그럴 수도……'

확률은 반반이었다. 하지만 탁대는 더 걱정하지 않았다. 그가 적이 아니라면 보았다고 해서 딱히 불리할 일은 없었다.

모처럼 일찍 퇴근한 날, 탁대는 혜자를 만났다. 낮에 그녀는 먼저 감사실의 분위기를 물어보았다.

―오늘은 별일 없을 듯.

탁대가 문자를 보내자 혜자도 답문을 보내왔다.

―오빠, 그럼 시간 좀 내줘요.

마다할 이유가 없었다. 교통과를 떠난 지 오래되지도 않았건만 괜히 궁금한 일도 많은 차였다. 처음 배속받은 부서. 그 첫마음이 탁대를 당기는 것이다.

뭘 먹을까?

혜자보다 10분 정도 먼저 도착한 탁대가 먹자골목을 바라보았다. 아직 연인 초기. 그래도 뭔가 폼 나는 걸 선택하고 싶었다.

"냉면!"

잠시 후에 등장한 혜자가 선택한 건 탁대의 머리에 없던 메뉴였다.

"내가 평양냉면 잘하는 집 알거든. 거기로 가요."

혜자가 팔짱을 끼며 탁대를 끌었다. 산뜻하게 갈아입은 혜자에게서 여자 냄새가 났다. 파릇한 풀냄새가 배인 향수 냄새도 났다. 그 사이에 집에 들어가 옷을 갈아 입고 나온 모양이었다.

"평양냉면은······."

혜자는 오랜 단골인 듯 냉면 먹는 법을 강의해 주었다.

육수 맛보기, 면발에 식초 뿌리기, 냉면은 가위 같은 쇠붙이가 아니라 이빨로 끊어 먹고, 마지막으로 편육을 먹음.

혜자의 냉면 먹는 법 설명은 간결하면서도 귀에 쏙쏙 들어왔다. 왜 아닐까? 이제 막 호감이 싹트기 시작한 두 사람. 그러니 뭘 해도 예뻐 보이고 멋져 보일 시기였다.

"아주 전문가네. 여기 자주 왔어?"

"우리 아빠 단골집이에요."

"그랬군."

탁대는 들었던 가위를 내려놓았다. 쇠가 닿으면 메밀 맛이 떨어진단다. 딱히 미식가가 아니라 그 차이를 알 리 없지만 혜자의 말을 착하게 따르는 탁대.

"감사실 바쁘죠?"

"응? 그냥……."

"나 명하한테 커밍아웃했어요."

"뭘?"

"맞춰 봐요."

"우리 사귄다는 거?"

"그거 말고!"

"음… 공무원 공부에 올인해 보겠다는 거?"

"네. 그랬더니 무지 부러워하는 거 있죠?"

"그랬구나."

"말만 앞서 가서 좀 한심하죠?"

"이제부터 열심히 하면 되지, 뭐."

"그렇죠?"

아이처럼 긴장하고 있더니 금세 얼굴이 환해지는 혜자.

"용 팀장님은 요즘 어때?"

"삶은 고사리 꼴이에요. 게다가 건강이 안 좋다고 비실거리기도 하고……."

"건강? 몸은 건강했잖아?"

"얼마 전부터 잠을 잘 못 잔다네요. 잠이 들면 자꾸만 악몽이

꾸어져서……."

"사람이 하는 짓이 헐렁하니까 그렇지. 쌤통이네, 뭐."

"그래도 병든 닭처럼 비실거리니까 좀 안된 것 같기도 해요."

"신경 끄고 공부하기로 마음먹었으면 밀어붙이기나 해."

"그래서 오빠, 나 단속원 그만두려고요."

"응?"

육수를 마시던 탁대가 숨을 멈추고 혜자를 바라보았다.

"어차피 제대로 올인해야 하잖아요? 내가 무슨 천재도 아니고."

"그건 그렇지만……."

"이달 말까지만 다니고 그만둘 거예요. 그래서 오빠한테 교재랑 인강 같은 거 추천해 달래려고……."

교재!

인강!

참 질리게도 낯익었던 단어들. 벽돌만큼 두꺼운 교재와 들어도 들어도 그게 그거 같던 강의를 떠올리니 탁대는 만감이 교차하는 것 같았다.

"교재는 같이 골라줄게. 인강도 몇 사람 추천해 주고……."

"공부법도 알려줘요."

혜자가 살갑게 다가왔다. 생글거리는 얼굴에 애교가 넘치는 혜자. 탁대는 그 입술에 키스하고 싶은 걸 참으며 천천히 말을 이었다.

"그건 안 돼!"

안 돼.

그 짧은 한마디를 하는 동안에 탁대는 많은 고뇌에 휩싸였다. 오랫동안 닫혀 있던 마음을 연 여자. 그 여자가 도움을 요청하고 있다. 당연히 만사를 제치고 돕고 싶었다.

시간이 나는 대로 도서관에 찾아가고, 커피도 사다주고, 저녁에 공부를 마치면 마중 나가 집까지 배웅하는 아름다운 사랑.

그건 탁대도 공시족 초기에 꿈꾸던 일이었다.

초희.

그녀는 실제로 몇 번 그러기도 했다. 비가 오면 우산을 가져왔고 더러는 간식으로 김밥을 가져다주었다. 하지만 그건 탁대에게 독배였다. 공연히 늘어지는 날, 공부하기 싫은 날, 탁대는 제사보다 젯밥이라고 초희가 오기만을 기다렸다. 기다리는 것만이 아니라 어떻게 하면 술 한잔 먹이고 섹스 한 번 할까까지 질러갔다. 물론 그런 날의 공부는 개짱이었다.

"공부는 혼자 바다에 나가는 일이야. 오직 혼자서 항해하는 법을 배워야 해."

커피전문점으로 옮겨온 탁대는 담담하게 혜자를 바라보았다. 그녀가 이해해 주기만을 바라면서.

"오빠……."

"독한 마음먹지 않으면 떨어져. 그럴 바에는 그냥 지금의 계약직을 유지하면서 무기 계약직을 노리는 게 더 나아."

"……."

"하지만 나는 알아."

탁대는 잠시 시선을 멈췄다. 탁대의 눈 안에 혜자의 눈이 들어왔다. 조금은 불안하게 흔들리는 눈빛. 그 눈빛을 받으며 말을 이었다.

"혜자는 꼭 합격할 거라는 거!"

"오빠."

혜자의 얼굴이 환하게 펴졌다. 그녀는 탁대 쪽으로 건너와 탁대 어깨에 얼굴을 기댔다. 탁대의 마음이 솜사탕처럼 녹기 시작했다. 사랑하면 귀에 종소리가 들린다고? 심장이 노래를 연주한다고? 그것만 있는 건 아니다. 사랑하면… 애가 녹는다. 타는 게 아니라 감미롭게 녹아내리는 것이다.

곽탁타의 나무!

시험에 합격한 후에 탁대는 한 칼럼에서 그 이야기를 읽은 적이 있었다. 그는 당송 팔대가로 불리는 문인 중 한 사람이 쓴 이야기에 나오는 주인공이다.

곱사병을 앓아 굽은 등이 흡사 낙타 같아서 탁타로 불렸단다. 하지만 그는 나무의 신(神)에 버금갔으니 그가 손대는 나무는 죄다 우람하고 튼실하게 자랐다.

비결을 묻는 사람에게 그는 말했다.

'나무의 본성을 발휘되게 할 뿐.'

그가 말하는 본성이란 간단했다.

'뿌리는 펴지기를 원하고, 흙은 북돋아주길 원하고, 원래의 흙을 원하고, 단단하게 다져주기를 원한다.'

이 원칙을 끝내면 그는 돌아보지 않았다. 공연한 근심에 아침 저녁 돌아보지 않았으며, 나무를 만지거나, 흔들고 쓰다듬지 않았다.

그 글을 읽은 탁대는 무릎을 쳤다. 이거야 말로 공부의 또 다른 비법이었기 때문이었다. 공부에는 때가 있다. 공짜로 되지 않으며 한 번에 되지 않는다. 한 방에 되는 건 오직 천재들의 일이었으니 보통 사람은 저마다 뿌리가 제대로 펴진 후에야 비로소 잎을 틔우게 되는 법.

질러가려고 해도 소용없다. 뿌리가 흙 속에서 자리 잡지 못했는데 무리하여 잎이나 열매를 맺으면 어떻게 될까? 물을 부어주면 어떻게 될까?

말라죽거나 썩는 길밖에 없는 것이다.

그러니 오늘 탁대가 혜자에게 해줄 건 그저 뿌리 펴기와 흙 다져 주기 뿐이었다.

커피전문점을 나온 탁대는 혜자와 함께 서점으로 향했다.

국영사사수.

혜자는 선택과목으로 사회와 수학을 원했다. 수학을 잘한 건 아니었지만 흥미가 많은 편이라니 나쁘지 않을 거 같았다. 약간의 실력만 있다면 골 아픈 행정법이나 행정학보다 유리한 편에 속했다. 왜냐면 답이 딱 보이는 과목이기 때문이다. 여기에 연

계하면 사회도 괜찮다. 대개 사회는 경제에서 애를 먹는데 수학을 하면 그 또한 보완이 될 수 있었다.

"우와!"

수험서를 본 혜자는 당장 혀를 내둘렀다.

이게 책이야 백과사전이야?

탁대의 처음과 똑같은 반응이었다. 탁대는 내용이 알차고 편집이 잘되었다고 정평이 난 수험서를 골라주었다. 수학을 제외하고 네 권을 사니 책만 한 짐이었다.

"처음에는 뭐가 뭔지 모를 거야. 그럴 때는 그냥 쭉 소설처럼 읽어봐. 뭐가 나오는지 확인하는 것도 공부니까."

"네."

"그러다 어느 정도 눈을 뜨면 불안이 다가올 거야. 대체 내가 이 시험에 붙을 수 있을까 하는……."

"……."

"그걸 넘어서면 마지막 감옥이 기다리고 있어. 하기는 하는데 점수가 오르지 않고, 아는 거 같은데 막상 문제를 풀면 틀려버리는……."

"……."

"대개 거기서 포기해. 하지만 그걸 알아야 해. 바로 거기가 합격의 문턱이라는 거. 그걸 극복하면 바로 위에 합격이 있다는 거."

"네……."

혜자는 어린 초등학생처럼 해맑게 대답했다. 탁대도 웃었다.

그녀가 이 무거운 장벽을 헤쳐 나갈 수 있기를. 그리하여 저 마음속에 싹튼 작은 꿈을 이룰 수 있기를 바라며.

"시험은 무조건 일 년으로 잡아야 해. 이 악물고 첫 시험에 합격하도록 노력해."

밖으로 나온 둘은 어둠이 내린 인도를 밟으며 걸었다.

"열심히 해볼게요."

겨울의 끄트머리. 이제 곧 봄이 올 것이다. 늦가을에 있는 시험이라면 8개월 정도. 기본이 있는 사람들은 두세 달 공부해서도 척척 붙어대니 아주 불가능한 것은 아니었다.

그러다 작은 공원을 끼고 돌 때였다. 수은등 아래의 벤치에 어두운 그림자가 어른거렸다. 그림자는 빨간 별꽃을 반짝거렸다. 담배를 피우고 있는 것이다.

'학생들……'

탁대는 괜히 기분을 망치기 싫어 보지 않으려 했다. 하지만 저절로 눈에 들어왔다. 중 2, 3학년쯤으로 보이는 다섯 명의 남학생. 네 놈은 담배를 꼬나물고 보란 듯이 빨고 있고 끝의 한 놈은 여친을 무릎에 앉혀놓고 입술을 빨고 있었다. 가관이었다. 어찌나 찰싹 붙었는지 샴쌍둥이처럼 보였다.

"그냥 가요."

혜자가 탁대의 팔을 당겼다. 탁대는 안구를 정화하기 위해 진짜 별을 바라보았다.

그런데!

지나치는 탁대에게 어린놈들이 먼저 도발을 해왔다.

"야!"

'야?

탁대의 걸음이 저절로 주춤했다. 그 사이에 셔틀 한 놈이 다가왔다.

"담배 있으면 좀 주고 가요."

보란 듯이 길을 막고 껄렁거리며 손을 내민다. 형식만 존댓말이었지 태도는 반말과 다름없었다.

"없는데."

"그럼 한 갑 사다주시죠."

이번에는 오천 원 지폐를 내미는 남학생.

"미안하지만 바빠서 말이야."

탁대는 남학생을 무시하고 걸었다. 그러자 뒤통수를 강타하는 욕설이 날아왔다.

"아, 쓰방새. 여자도 엿 같은 거 데리고 말이야."

"맞아. 좀 사다주면 손모가지에 에볼라 걸리냐?"

"놔둬라. 어디 가서 한 따까리 붕가붕가 하려고 바쁜 모양이다."

탁대는 다 무시하고 의연하게 걸었다. 중2는 무섭다. 더구나 여럿이 모여 있으면 천하무적이다. 그러니 이 아름다운 데이트 시간에 저런 쓰레기들과 말을 섞을 필요는 없었다.

But!

탁대는 대한민국의 공무원이었다. 공무원은 바른 사회를 구축하기 위해 노력해야 한다. 그건 공무원의 의무였다.

"여기서 오뎅 하나 먹고 있어. 화장실 좀 다녀올게."

공원을 한참 지나온 탁대는 거리의 오뎅 마차 앞에서 멈췄다. 그런 다음 건물을 돌아 다시 공원으로 향했다.

헐~!

공원으로 돌아오니 한숨이 저절로 나왔다. 여학생은 다른 남학생 품에 안겨 깔깔거리고 있었다. 이건 대체 뭐가 뭔지⋯ 아이들의 정신세계는 알다가도 모를 정도로 심오한 모양이었다.

'그건 그렇고⋯⋯.'

"야!"

탁대는 남학생들이 했던 대로 딱 한마디를 토해 관심을 집중시켰다.

"어, 저 쏩새리⋯⋯."

말끝마다 욕설이 주렁주렁 달린 남학생들이 일제히 탁대를 바라보았다. 하지만 그 눈은 흡사 늙은 사자 한 마리를 둘러싼 하이에나 꼴이다. 겁을 먹거나 긴장하기는커녕 '어이상실임'이라는 눈빛.

"생각해 보니까 담배가 있더란 말이지."

탁대는 도중에 산 담배를 내밀었다.

"C8, 그럼 진작 주고 찌그러질 것이지⋯⋯."

길을 막았던 남학생이 인상을 긁었다. 이어 담배를 내놓으라는 듯 손을 내미는 남학생.

"돈 줘야지."

"주면 그냥 보내줄 테니까 내놓고 꺼져. 쓰바라노마!"

"그런데 담배 피울 줄은 아냐?"

"조또, 그냥은 안 줄 모양이다. 다구리 한 번 놔줘라."

학생들은 어슬렁 몸을 일으켰지만 그게 뜻대로 되지 않았다.

"……?"

"C8, 이거 왜 이래?"

접착 마법, 그건 괜히 있는 게 아니었다. 학생들의 엉덩이와 등, 손발까지 벤치에 찰싹 붙여둔 탁대는 담배를 꺼내 하나씩 물려주었다.

"니기미 조또, 이게 뒈지려고……."

발끈한 남학생 하나가 몸을 움찔거리며 악다구니를 썼다. 탁대는 그들 머리 위에 위협용 화염탄을 장쾌하게 작렬시켰다.

펑, 퍼펑, 펑펑펑!

다섯 발의 화염탄이 도미노처럼 머리 위에서 차례차례 작렬하자 남학생들 눈이 휘둥그레졌다. 하지만 아직 하나가 남아 있었다. 그건 바로 여학생 머리 위에서 터졌다.

"까악!"

온갖 똥폼을 다 잡지만 비명 소리를 들으니 천상 소녀였다.

'하지만!'

기왕 선도하는 거 뼈에 사무치도록 제대로 손을 볼 생각이었다.

"너희들 격투기 알지?"

"C8아, 무슨 엿 같은 헛소리야?"

"거기서 암바 같은 기술에 걸리면 항복의 표시로 탭을 치잖아? 다들 아냐?"

"저……."

남학생들은 당장에라도 탁대에게 달려들 기세지만 마음뿐이었다. 몸이 찰싹 붙어 손조차 마음대로 움직이지 못하는 것이다.

"너희도 힘들면 눈으로 탭 쳐라. 알았지?"

학생들 입에 물린 담배를 바로 잡아준 탁대는 입까지 접착 마법을 발현시켰다.

"웁?"

학생들의 입이 담배를 문 채 달라붙었다. 버둥거리던 녀석들이 하나둘 캑캑거리기 시작했다.

그 연기가 어디로 가겠는가? 몸부림과 함께 불규칙하게 흩어진 연기가 기관지를 돌아 나와 콧구멍으로 전진하며 녀석들을 옥조이는 것이다.

"캑캑캑!"

"콜록콜록!"

"으에에어!"

기침소리도 가지가지다.

탁대는 보란 듯이 담배 하나를 꺼내 물었다. 끊은 지 오래였지만 금연의 신도 용서해 줄 순간이었다.

"연기를 내려면 이 정도는 되어야지."

한 모금 연기를 빨아들인 탁대는 그걸 뿜으며 화염 마법을 걸었다.

퍼엉!

화염링이 학생들의 허공에서 폭사했다. 고통과 경이로움에 뒤덮인 학생들은 콧물과 눈물범벅이 되어 눈을 꿈벅거렸다. 탭을 치는 것이다.

"아직은 안 돼."

탁대는 심드렁하게 고개를 저었다.

"우허엉!"

학생들의 절규가 단체로 높아졌다.

"앞으로 담배 안 피울 거지?"

"우어엉!"

"담뱃값 장난 아니니까 끊어라. 너네 부모님들 등골 브레이커 되지 말고."

"후어엉!"

"괜한 사람들에게 시비도 안 걸 거지?"

"우어어!"

"그리고 여친 말이야. 정말 좋아하면 어디 안 보는데 가서 빨든지 다른 사람이 보면 그 여친이 쪽팔리잖아? 안 그래?"

"우어!"

고통이 극한에 달한 듯 학생들의 신음은 더 이상 나오지 않았다.

"마지막으로 아까 한 말!"

탁대는 눈을 부릅뜨며 뒷말을 이었다.

"내 여친에게 엿 같다고 그랬지? 한 번만 더 그런 말하면 아주 바비큐 만들어 버린다."

"꾸어어어!"

'해제!'

탁대는 그쯤에서야 접착 마법을 모두 해제시켜 주었다. 남학생들은 그 자리에서 사이좋게 픽픽 쓰러졌다.

"두고 갈까?"

탁대가 넌지시 담배를 들어보였다.

"우어어~!"

여전히 정신이 혼미한 학생들은 일제히 고개를 저었다. 탁대는 그들을 뒤로 하고 공원을 나섰다. 두 개의 마법을 동시에 쓴 까닭인지 약간의 나른함이 느껴졌다.

"왜 이렇게 늦었어요?"

오뎅 마차로 돌아오자 혜자가 울상이 되어 물었다.

"미안. 화장실이 다 잠겨 있어서……."

탁대는 아주 현실적인 핑계로 둘러댔다. 급할 때마다 잠겨 있는 도심의 빌딩 화장실. 그건 대한민국 사람이라면 다 알 일이기 때문이었다.

"맛있어?"

코를 파고드는 오뎅 냄새 때문에 꼬치 하나를 집어 들었다. 한 입 흐뭇하게 배어 물 때 공원 쪽에서 학생들이 뛰어나왔다. 아직도 공포가 다 가시지 않은 그들은 오뎅 마차 앞의 탁대를 보더니 자지러질듯 단체로 비명을 질렀다.

"으아악!"

그런 다음 꽁지가 빠져라 반대편으로 달아나는 학생들. 일부는 넘어져서 엉금엉금 기기까지 했다.

"쟤들 왜 저래요?"

"글쎄… 아무한테나 깝죽거리다가 된통 당했나?"

탁대는 시치미를 떼고 남은 오뎅을 입안에 밀어 넣었다.

"아이고, 저것들 말도 말아요. 아주 이 근방에서 유명한 양아치들인데 몰려다니면서 학원 갔다 오는 애들 때리고 돈도 뺏고 담배질에 술에 여자까지…….."

오뎅 아줌마는 질린 듯 몸서리를 쳤다.

"뭐 그러다 철이 들겠지요."

탁대는 아줌마를 향해 씨익 웃어보였다.

끼익!

택시가 멈추며 탁대와 혜자를 내려주었다. 눈발이 내리기 시작했다. 탁대는 혜자의 집 앞에서 걸음을 멈췄다.

"자, 차복차복, 피자를 먹듯이 잘 씹어 먹어."

탁대는 들고 온 책을 건네주었다.

"고마워요. 오빠."

혜자의 목소리가 촉촉하게 들렸다. 탁대는 혜자를 당겨 가만히 안았다. 다소곳하다.

이런 여자는 남자에게 저항하지 않는다. 공무원에 합격하기

전의 탁대라면 혜자를 끌고 모텔로 갔을 것이다. 그런 다음 들어서기 무섭게 옷을 벗기고 씩씩거리며 미토콘드리아 발전소를 돌려 정자를 뿜어냈을지도 모른다.

그런데 지금은 그런 마음이 들지 않았다. 신기했다.

키스!

혜자의 촉촉하고 달콤한 입술이 닿았다. 도톰한 혀도 닿았다. 탁대는 그녀의 뼈가 으스러지도록 당겨 안은 후에 풀어주었다. 사랑하니까 아끼자는 것은 아니었다. 다만 자연스럽게 합체할 수 있는 순간을 기다리고 싶었다.

"사랑해요. 오빠."

혜자의 목소리가 무지개가 되어 건너왔다.

"나도 사랑해."

탁대는 한 번 더 혜자를 당겨 깊은 키스를 나누었다. 소리 없는 눈발이 하얀 춤을 추며 연인의 어깨 위에 내려앉았다.

*　　　*　　　*

"조탁대, 시장님이신데?"

오전 시간, 조사에 관한 보고서를 마무리할 때 강 주임이 전화기를 들고 말했다. 탁대는 전화를 당겨 받았다.

"감사실 조탁대입니다."

―이어, 우리의 스타 조탁대 주무관.

"……?"

시장의 말을 들은 탁대는 선뜻 수화기를 놓지 못했다. 옆 자리의 팔호는 탁대에게 신경을 집중하고 있었다. 시장의 전화라니 귀가 쫑긋 서는 모양이었다.

"뭐라서?"

강 주임도 궁금한 지 탁대를 바라보았다.

"나보고……."

그 사이에 회의에 들어간 도 과장이 들어와 탁대가 할 말을 대신해 주었다.

"조탁대 씨, 연락받았지? 잠시 후에 주요 부서 직원들 정신교육하는데 수고 좀 해줘야겠어."

과장의 말에 먼저 반응한 사람은 팔호였다.

"교육 진행이라면 총무과에서……."

"진행이 아니고 강사라네!"

과장은 팔호의 말을 싹둑 자르고 자리에 앉았다.

'강사?'

팔호의 눈이 뒤집히는 게 보였다. 슬슬 국민영웅에 대한 분위기가 잠잠해져야 할 판인데 자꾸만 무한 폭주하는 게 못마땅한 것이다.

"제가 무슨 강의를……."

탁대는 겸손하게 말했다. 그건 누리는 게 아니라 솔직한 심정이었다.

"저번에 도에서도 연예인처럼 잘했다고 소문 자자하던데 뭘 그러나? 그때처럼 어린이들을 구하던 마음을 솔직히 애기하면 될 거야."

"……"

"자, 우리도 필수 요원만 남고 올라갈 준비하자고. 조탁대가
강사로 서는데 우리가 박수 좀 세게 쳐줘야지."

과장이 사무실을 둘러보며 말했다.

"제, 제가 남겠습니다."

아직도 얼굴이 굳어 있는 팔호가 먼저 손을 들었다. 하지만
도 과장이 잘라 버렸다.

"사무실에는 하채린이 남고 다 올라가."

"……!"

팔호의 안면이 무참하게 일그러졌다. 남 잘되는 꼴 보기 싫은
이팔호. 뺀질뺀질 요령을 부렸지만 먹히지 않았다.

〈국민영웅 조탁대의 살신성인 무한봉사〉

단상 위에는 급조한 종이 카드가 붙어 있었다. 종이에 한 자
한 자 출력해서 차례차례 이어붙인 폼이 딱 총무과 직원의 솜씨
였다.

"지금이야 말로 우리 봉황시가 무한한 봉사정신으로 거듭나
야 할 때이니 국민의 뜨거운 지지를 받고 있는 조탁대 주무관으
로부터 우리가 나갈 바를 경청하도록 하겠습니다."

간단히 인사말을 끝낸 시장이 탁대를 가리켰다.

"올라가 보게."

탁대 옆에 있던 총무과장이 탁대의 등을 밀었다. 하나도 내키

지 않았지만 탁대는 단상에 올라섰다. 시장은 탁대의 손을 잡더니 번쩍 하늘 높이 들었다.

짝짝짝!

실내를 가득 메운 직원들에게서 박수가 쏟아져 나왔다.

6급 행정주사들.

모인 사람들의 대부분 직급이 그랬다. 황 팀장도 있고 용 팀장도 보였다. 다들 면모가 면모다 보니 나이 먹은 사람이 많았다.

"저는 공직생활도 일천하고 아는 것도 없습니다. 그런데 이런 자리에 서게 되니 많은 선배님에게 황송하고 낯 뜨겁기 그지없습니다."

탁대는 음정을 조정하며 말을 이었다. 언제 보도 자료를 낸 건지 기자들이 몰려나와 사진을 찍어댔다. 그중에는 고동길 기자도 있었다. 그는 근접 촬영을 하면서 찡긋 윙크를 보내주었다.

"제가 드릴 말씀은 향 싼 종이에서 향내 나고 생선 싼 종이에서 비린내 난다는 말뿐입니다. 여러 선배님이 신규와 하위직들을 향기로운 향으로 업무를 지도하고 나갈 바를 알려주셨으면 좋겠습니다. 그렇지 않고 비린내 풍기는 종이를 감싸주시면 저희는 공직 문화가 뭔지 배우기도 전에 비린내에 젖게 될 테니까요."

탁대는 간간이 용 팀장과 은 과장, 그리고 권 팀장을 바라보았다.

'당신들 들으라고 하는 말이야.'

탁대의 숨겨진 언어는 꾸미지 않은 말투와 함께 강당에 울려 퍼졌다.

짝짝짝!

강연이라기보다 소감 정도에 속할 말을 끝내자 박수가 터져 나왔다. 박수를 치지 않는 사람도 몇 보였다. 이팔호와 권 팀장, 은광비 과장 등등.

'찔렸겠지.'

탁대는 담담하게 연단을 내려왔다.

*   *   *

그날 오후.

탁대는 지역신문이 오기를 기다렸다. 주간으로 발행되는 신문이 나오는 날이기 때문이었다. 탁대는 곁눈으로 선우 팀장을 바라보았다. 권 팀장은 자리를 비우고 있었다. 사무실의 분위기는 사뭇 평온했다.

"지역신문 나왔어요."

잠시 후에 총무과의 공익이 신문 세 부를 들고 와 테이블에 놓고 갔다.

"조수윤, 저거 좀 가져와 봐라. 꼴 같지도 않은 신문이 또 꼬박꼬박 나오기는 잘 나와요."

강 주임이 공익에게 말했다.

'꼴 같지도 않다? 조금 후면 그런 말이 쏙 들어갈걸?

탁대는 자판을 치면서 강 주임의 다음 액션을 기다렸다.

"자식들, 기름 좀 쳤더니 이번엔 씹는 기사 안 긁었네?"

"……?"

강 주임의 말에 탁대는 자판 치던 손을 멈췄다. 기사가 없다고?

"수윤아, 나도 하나 줘라."

탁대가 손을 내밀자 직원들 몇 명이 탁대를 바라보았다. 조수윤이 누군가? 하늘 무서운 줄 모르는 감사실에서도 오직 권 팀장과 강 주임의 말에만 복종하는 별종이 아닌가?

그런데 조수윤은 두말없이 일어나 신문을 갖다 바쳤다. 그것도 아주 공손하게. 팔호는 그게 믿기지 않는 눈치였다.

"왜? 뭐가 잘못됐냐?"

"아, 아뇨."

탁대가 보란 듯이 한마디 하자 바로 꼬리를 사리는 팔호. 탁대는 얼른 신문을 펼쳤다.

'없다.'

1면.

봉황대교 건이 아니라 오히려 시정을 홍보하는 기사가 톱으로 나왔다.

탁대는 다음 면을 넘겼다. 없다. 없다. 또 없었다. 마지막 면은 기사가 아니라 전면광고였다.

'고 기자도 한통속?'

불안한 마음에 머리카락이 쭈뼛 설 때 권 팀장이 문을 박차고 들어섰다.

"조탁태!"

혈압이 오를 대로 오른 그는 사무실의 정적을 깨뜨리며 목청을 높였다.

"네?"

"양주 건 네가 소스 날렸지?"

권 팀장은 삿대질을 하며 더욱 탁대를 다그쳤다.

"아니야? 그거 투서 들어왔다고 한 게 너였잖아?"

"무슨 일이야?"

권 팀장을 지켜보던 도 과장이 끼어들었다.

"젠장, 고동길 기자 놈이 그 관련 소스를 들고 와서 지금 시장님을 협박하고 있답니다."

"……?"

권 팀장의 한마디에 감사실에는 초특급 쓰나미가 밀어닥쳤다. 탁대는 상황을 간파했다.

고 기자가 신문에 쓰는 대신 시장을 직접 압박하는 길을 택한 모양이었다.

"그게 무슨 소리야? 관련 기사는 뭐고 시장님 협박은 또 뭐야?"

"아, 진짜… 나도 방금 비서실 연락받았습니다. 이거 새나갈 곳이 우리 사무실밖에 더 있습니까?"

"그래서 저를 의심하시는 겁니까?"

자리에서 일어선 탁대가 담담하게 말했다.

"아니면? 고동길이 우리 사무실 컴퓨터를 해킹이라도 했단 말이야?"

"그날 말씀드렸잖습니까? 투서가 들어왔으니 좀 조사해 보자고."

"그 투서 어디 있나?"

권 팀장이 눈을 부라렸다. 탁대는 서랍을 열어 워드로 출력된 종이 한 장을 내밀었다. 혹시나 해서 출력해서 넣어두었던 것이다.

"어거 어떤 경로로 온 거야?"

"민원실 지나올 때 어떤 민원이 주고 갔습니다. 누군가 전해 주라고 했다면서……."

"헐~!"

"누군가 여기저기 투서를 했는데 우리가 안 움직이니 신문사에 던진 모양입니다."

투서를 확인한 강 주임이 나지막이 말했다. 그때 과장 책상의 전화가 울렸다.

"감사실 도상욱입니다."

과장이 전화를 받자 이목을 그쪽으로 쏠렸다.

"알겠습니다."

과장은 침통한 표정으로 전화를 끊었다.

"시장실입니까?"

권 팀장이 물었다.

"당장 올라오라는군."

"저도 같이 가겠습니다."

권 팀장은 거친 숨을 토했다. 하지만 도 과장은 묵직하게 그 말을 막았다.

"그건 상관없지만 조탁대를 데려오라시네!"

"……?"

권 팀장!

기 팀장!

그리고 조탁대!

세 사람이 상담실에서 숨을 골랐다. 권 팀장 앞에는 기 팀장이 앉아 있다. 탁대는 권 팀장 옆에 서서 메모할 준비를 갖추고 있었다.

이 기묘한 분위기가 연출된 건 고동길 기자가 놓아준 디딤돌 덕분이었다.

'상기내용을 감사실 조탁대에게도 투서했지만.'

'그가 국민영웅이기에 신뢰하기 때문에.'

고 기자에게서 상세한 사건내역을 전해들은 시장은 두 문구를 주목했다.

조탁대에게도 소스가 들어갔다. 그런데 보고가 올라오지 않았다. 그렇다면 누군가 누른 것이다.

시장은 바보가 아니다. 그런 판단이 들자 확인차 탁대를 함께 부른 것이다.

"조탁대."

시장실에서 시장은 탁대를 먼저 호명했다. 탁대는 고 기자를 힐금 보고는 천천히 입을 열었다.

"제게 투서가 오긴 했었습니다."

"그런데 왜 조사하지 않았나?"

시장이 다그쳤다.

"……."

탁대는 권 팀장과 도 과장을 의식하는 척하고 침묵으로 답했다.

"자네들이 눌렀군?"

"시, 시장님……."

"이런 멍청한… 사건을 조사하라고 했으면 있는 그대로 진행해야지 그걸 누르면 풍선효과가 되는 것도 모르나?"

시장은 두 손으로 테이블을 내려치며 두 간부를 닦아세웠다. 미리 알아서 조사하고 필요에 따라 처분을 내리면 될 걸 무시함으로써 사건의 전모가 외부에 알려진 데 대한 질책이었다.

"내가 책임지고 이 사건의 관련자들을 처벌하겠소."

시장은 고 기자에게 그렇게 약속했다.

"권 팀장은 조탁대하고 같이 이 양주를 받은 사람을 전부 찾아내서 보고하도록!"

조탁대하고 같이.

바로 그 지시 때문에 탁대가 지금 상담실에 들어와 있는 것이다.

사실, 시장은 그걸 탁대에게 지시했었다. 하지만 탁대가 권 팀장을 물고 들어갔다. 탁대는 생각했다.

설령 기 팀장을 족쳐서 양주의 행방을 알아낸다고 해도 그 파장이 없을 수 없었다. 자칫하면 조직의 미운 털이 되는 것이다.

그러니 그 악역은 권 팀장이 맡는 게 합당했다. 더구나 둘은 봉황종고 선후배 사이다. 이렇게 하여 탁대는 고 기자가 말했던 손 안 대고 코 풀기를 누리게 되었다.

"조탁대."

담배를 꺼내든 권 팀장이 목소리를 깔며 말했다.

"예?"

"좀 나가 있어."

"그러죠."

탁대는 순순히 지시에 따랐다. 그래도 꼴에 고참 6급인 기광준. 그런 그가 신참인 탁대 앞에서 비리를 토설하려니 소위 쪽 팔린다고 판단한 모양이었다.

'팔릴 쪽이나 있냐?'

개자식들. 탁대는 그 말을 삼키며 복도로 나왔다.

"피우시죠?"

탁대가 나가자 권 팀장은 기 팀장에게 담배를 권했다.

"시장님이 뭐라시더냐?"

불안한 마음에 시장의 심기부터 체크하는 기 팀장.

"일이 아주 더럽게 되었습니다. 대체 뒷마무리를 어떻게 하신 겁니까?"

"뭘 어떻게 해? 난 아무것도 한 거 없어."

"조탁대한테 흘린 말은요?"

"없어."

"미치겠군요. 그런데 고동길이 들고 온 투서에 사건의 모든 게 적나라하게 쓰여 있더라고요. 하도 정확해서 입도 벙긋 못했습니다."

"대체 어떤 새끼가……."

"양주 돌린 사람들 이름 넘기십시오."

"빠져나갈 방법 없나? 조사해 보니 사실과 다르더라 하고……."

"형님! 진짜 분위기 파악 못 하시는군요?"

"아, 감사실 좋다는 게 뭐야? 자네도 술 받았잖아?"

"……!"

기 팀장이 발끈하자 권 팀장은 잠시 숨을 골랐다.

"분위기 기울었으니까 이름 넘기세요."

권 팀장의 목소리가 깔리기 시작했다.

"진짜 이렇게 나올 거야? 나 그러면 배 국장님 찾아가겠네."

"미치겠네. 지금 시장님 의중이 뭔 줄 압니까?"

참다못한 권 팀장이 발끈해 소리쳤다.

"뭐라고 하셨기에?"

"형님을 파면할 생각도 하고 있다고요."

"……?"

그 한마디에 기 팀장은 노랗게 질리고 말았다.

파면!

직위해제나 해임도 아니고 파면이다.

직위해제가 되면 몇 달 후에 슬그머니 복직할 수 있지만 해임이나 파면은 달랐다. 더구나 공무원의 징계 중에서 최악인 파면을 먹으면 퇴직금과 연금까지 날아가고 지방공사에도 못 들어갈 판이었다.

"어차피 피해갈 수 없습니다. 최대한 직위해제로 막아볼 테니까 쓰기나 하세요."

권 팀장이 메모지를 내밀었다. 종이를 받는 기 팀장은 벌벌 떠는 손으로 이름을 써나갔다. 이름은 애당초 탁대가 알아낸 대로 12명이었다.

"이건 9명으로 하겠습니다."

권 팀장은 그중 세 명의 이름을 지우며 말을 이었다.

"같이 근무했던 친구들 좀 알아보세요. 누가 뒷구멍으로 조탁대나 고동길에게 투서했을 겁니다."

"소용 있나? 이제 더 터질 거도 없는 판에."

기 팀장이 한숨을 쉬었다.

"하긴 그렇군요."

"섭섭하네. 다른 사람들 건은 잘도 막아주더니!"

기 팀장은 원망의 눈초리를 쏟아내고 복도로 나왔다. 그때까지 복도에 서 있던 탁대는 형식적인 목례로 기 팀장을 보냈다.

탁!

탁대는 다시 상담실 안으로 들어섰다. 명단을 적은 종이를 엎어놓는 권 팀장이 보였다. 탁대는 본 못 척 권 팀장 옆으로 다가섰다.

"……."

두 사람은 누구도 먼저 입을 열지 않았다. 탁대는 권 팀장의 반응을 기다렸고 권 팀장은 손가락으로 테이블을 토닥거리며 심경을 정리했다.

"문제가 있습니까?"

한참 후에야 탁대가 먼저 입을 열었다.

"아니. 일단 향방은 나왔어."

권 팀장의 말에 탁대의 눈이 엎어놓은 종이로 향했다.

"하지만 좀 기다려야겠어. 내가 먼저 좀 확인할 게 있거든."

"늦었습니다."

탁대는 너무, 너무나 담담하게 말했다. 그 말이 비장하게 들린 걸까? 권 팀장의 날선 눈빛이 탁대에게 쏟아졌다.

"종이를 엎을 때 이름을 다 봤거든요."

"슬쩍 간을 보는 건가? 자네가 무슨 독수리의 눈이라도 돼?"

"배익환, 하진우, 이해관, 차인묵, 안혁환……."

탁대는 무표정하게 이름을 나열했다. 달랑 한 장 엎어진 종이. 그 정도라면 투시 마법으로 뚫는 건 어려운 일이 아니었다.

"……?"

"마지막으로……."

잠시 말을 멈춘 탁대는 권 팀장을 정면으로 응시했다. 살짝 풀린 눈자위와 벌어진 입술. 그건 차마 믿을 수 없다는 반응이었다. 하지만 권 팀장이 놀랄 일은 한 번 더 남아 있었다.

"나머지 세 사람은 말하지 않겠습니다. 그 둘은 여기 계셨으니까요."

"……!"

그 말이 결정타였다. 정곡을 찔린 권 팀장의 눈매가 파르르 떨었다.

"그러니 세 명의 명단은 못 본 걸로 하겠습니다."

탁대가 손을 내밀었다. 명단을 넘겨달라는 완곡한 의미였다.

눈빛과 눈빛의 충돌.

뭔가 시나리오를 준비했던 권 팀장은 무장 해제된 병사처럼 허물어져 갔다.

"이러다 자네가 다칠 수도 있어."

그래도 슬쩍 윽박질러 보는 권 팀장.

"그럼 저는 빠지겠습니다. 팀장님이 시장님께 보고하십시오."

"……."

이렇게 말해도, 저렇게 말해도 권 팀장은 속절없이 무너졌다. 그 어떤 방안도 권 팀장이 물기에는 마땅치 않았던 것이다.

"다 끝난 일이었네. 단순한 선물이었던 걸로 가닥을 잡게나."

권 팀장은 그 말을 남기고 나갔다.

탁!

다시 문소리가 생생하게 들렸다. 오늘따라 저 문이 살아 있는 생물 같은 건 왜 일까? 탁대는 엎어놓은 명단 종이를 집어 들었다.

12명.

이들의 면모는 굉장했다. 국장에서부터 핵심 과장들과 핵심 팀장들. 그러나 능력하고는 상관없었으니 호가호위하는 인간들이 상당수 포진해 있었다.

'12 봉황인가 12 잠룡인가?'

그중 한 사람은 이미 승천을 했다. 아니, 한 번 더 승천한 후에 진짜 봉황을 꿈꾸고 있다. 바로 현 시장 김성곽.

탁대가 말하지 않은 세 사람의 이름은 시장과 권 팀장, 그리고 기 팀장이었다.

*　　　*　　　*

오후가 깊어지면서 기온이 급강하하기 시작했다. 내일은 올겨울 들어 가장 추울 거라는 예보도 나왔다.

"저기… 탁대 형님!"

퇴근 시간이 살짝 지났을 무렵, 탁대는 귀를 의심했다. 보고서를 만드는 사이에 팔호가 정중하고도 공손하게 말을 걸어온 것이다.

'형님? 이 자식이 뭐 잘못 처먹었나?'

"지금 뭐라고 했냐?"

"퇴근하고 저랑 한잔하시죠. 형님!"

나지막이 이어지는 팔호의 공손함. 척 봐도 뭔가 아쉬운 게 있는 게 분명했다.

"잘나가시는 이팔호 님이 감사실 신입인 저한테 한잔 사시겠다는 건가요?"

탁대는 슬쩍 염장을 질렀다.

"에이, 왜 이러십니까? 제가 좀 살갑지 않게 대했던 거 같은데 그래도 우리가 동기 아닙니까?"

팔호의 입가에는 살살거리는 미소가 그치지 않았다.

"됐으니까 퇴근해서. 내가 네 술 얻어먹으면 두드러기 아니면 오바이트지."

탁대는 귀찮은 팔호를 피해 화장실로 향했다. 아까부터 수도 꼭지가 슬슬 압박을 받던 터였다.

"형님!"

팔호는 화장실까지 쫓아왔다. 탁대는 감을 잡았다.

아마 12명의 명단 때문인 거 같았다. 하긴 벌써 여러 통의 전화를 받은 터였다.

권 팀장이 벌써 자기 인맥에게 정보를 흘린 게 틀림없었다. 능력껏 해결하라는 뜻이었다.

"일 없으니까 술 먹고 싶으면 그때 그 기능직 쪼아서 얻어먹든가?"

"이러지 마시고 한 번만 도와주십시오."

다급해진 팔호가 탁대의 손목을 덥석 잡았다.

"청탁받았냐?"

탁대가 잘라 말했다.

"윤 과장님 있잖습니까? 그분은 진짜 억울합니다. 그때가 생일이라 멋도 모르고 받으셨답니다. 그러니 선처 좀 해주세요."

"윤 과장님한테 뭐 먹었냐?"

"그게 아니고 인간적으로 제가 존경하는 분이라서 그렇습니다."

"니가 언제부터 사람들을 존경했냐? 그것도 인간적으로."

"형님!"

"오냐. 그 말, 내가 보고서에 따로 적어주마. 윤 과장은 감사실 이팔호를 시켜 무마하려고 했다."

"형님!"

"정신 차려라. 보아하니 똥인지 된장인지 모르고 여기저기 딸랑거리는데 이거 시장님 특별지시로 벌이는 조사야. 깝치다가 목 날아가고 싶냐?"

"......?"

"가봐라. 그래도 동기라니 못 들은 걸로 할 테니까."

"형님!"

"닭살 돋는다. 제발 형님이라고 좀 하지 마. 솔직히 그거 네 본심 아니잖아?"

탁대는 손가락으로 팔호의 이마를 쿡 밀어냈다. 완고한 탁대의 행동에 팔호는 더는 말을 붙이지 못했다. 탁대는 손을 닦고 복도로 나왔다. 안에서 통화하는 팔호의 목소리가 들려왔다.

"죄송합니다. 아, 그 인간이 완전 개똘아이라서 씨도 안 먹히네요."

'개똘아이?'

저대로 팔호를 소변기에 처박을까 하다가 웃어넘기는 탁대. 그러면서 한편으로는 가련했다. 아무리 비비는 것도 실력이라지만 도를 넘으면 곤란한 일이었다.

"탁대 씨, 전화!"

사무실에 들어서기 무섭게 양미림 주임이 탁대를 불렀다.

"감사담당관실 조탁대입니다."

책상에 앉은 탁대는 연결된 전화를 받았다. 이번에는 인사팀장 이형민이었다.

─퇴근할 때 잠깐 좀 보세.

그 역시 목적은 한결같았다.

"언제 퇴근할 지 모릅니다."

─언제든 상관없으니까 퇴근할 때 전화하게.

그는 새벽이라도 상관없다는 투로 전화를 끊었다.

'헐~!'

어이상실 조탁대. 벌써 몇 명째인지 모른다. 다들 어떻게든 자기 이름을 지우려고 안달인 것이다.

더 이상 앉아 있으면 머리가 복잡해질 것 같아 자리에서 일어섰다.

저녁 8시.

원래는 퇴근합니다, 하고 나가야 하지만 날이 날인지라 슬쩍 나오고 말았다.

디로롱동동.

계단을 내려갈 때 핸드폰이 울었다.

'용 팀장?'

이 인간은 또 웬일일까? 귀찮은 마음이 들어 받지 않았다. 그러다 민원실 앞을 잰걸음으로 지날 때였다. 낯선 중년이 탁대의 길을 가로막았다.

"누구시죠?"

"나 봉황서 임 경감이오."

중년은 경찰공무원증을 꺼내 탁대 앞에 내밀었다.

"그런데요?"

"우리 관내 유명인사인데 한 번도 일면식이 없어서 말이지. 앞으로 자주 보게 될 걸세."

임 경감이 손을 내밀었다. 별로 내키지 않았지만 탁대는 대충 악수를 나누었다.

"뭐 도울 일 없으면 연락하시오."

그가 명함을 내밀었다.

〈봉황서 정보팀장. 임무진 경감.〉

정보과라면 감사실과도 연관이 있는 부서였지만 기분은 좋지 않았다. 등장 시점이 묘했기 때문이었다.

'이 양반도 봉황시 성골인가?'

탁대는 불편한 생각에 고개를 저으며 로비를 나섰다. 그때 또 전화기가 울렸다. 이번에도 용 팀장이었다.

그냥 무시하려고 할 때 저만치 자기 차 앞에서 손을 흔드는 용 팀장이 보였다.

"조 주사!"

"아직 퇴근 안 하셨습니까?"

하는 수 없이 인사를 하게 되는 조탁대.

"그게 일이 밀려서 말이지… 지금 퇴근하나?"

"그렇습니다만……."

"잠깐 타게."

용 팀장은 다짜고짜 탁대를 차에 밀어 넣었다.

"저 피곤해서 집에 가야합니다. 친척도 오시기로 되어 있고……."

탁대가 버티자 용 팀장은 자상하게 말을 받았다.

"그럼 가면서 얘기하자고. 집까지 에스코트해 줄게."

'에스코트?'

적절치 못한 단어 때문에 눈살이 찌푸려졌지만 거부하지 못했다. 현관 앞에 인사팀장이 보였던 것이다. 그는 탁대는 찾는 건지 한참을 두리번거리고 있었다.

"우리 딱 한잔하고 가자고. 내 단골 횟집에 노랑 가자미가 들어왔다는데 세꼬시로 먹으면 죽이거든."

차가 청사를 나서자 용 팀장은 말을 바꾸었다.

"술 생각 없습니다."

라고 말했지만 차는 벌써 허름한 시장통 입구의 횟집 앞에서
멈춰 버렸다.

"자자, 자연산 세꼬시가 건강에도 좋아요. 그러니 맛이라도
보시게나."

용 팀장은 거의 반강제로 탁대를 끌었다. 바람이 엄청나게 매
워져 있었다. 잠깐을 걷는 동안에도 살이 에이도록 치고 들어오
는 게 예사롭지 않았다.

"팀장님!"

"아아, 그냥 편하게, 편하게… 아, 우리가 어떤 사이인가? 내
가 그래도 자네 첫 직속상관 아닌가? 감사실로 영전하고 특진도
했는데 뭐 해준 것도 없고……."

용 팀장이 소주를 내밀었다. 별생각은 없었지만 한 잔을 받아
들었다.

지난번에 응징한 것에 대한 연민도 조금은 남아 있었다. 행위
에 비하면 마땅한 일이었지만 한편으로 생각하면 슬픈 일이기
도 했다.

하지만!

탁대의 연민은 거기서 그쳐 버렸다. 별안간 서광철 과장이 등
장한 것이다.

서광철, 사회복지과장. 봉황대교 사건 당시 예산 팀장을 맡았

다가 사무관으로 승진했음.

탁대 뇌리에 입력된 정보에 반짝 불이 들어왔다.

"조탁대 씨, 우리 구면이지?"

서 과장이 손을 내밀었다. 강당 강연이다 간부 회의다 해서 오가면서 본 적이 있었으니 구면은 구면이었다.

"과장님, 우리 탁대 씨 술 한 잔 주시죠?"

과장이 앉자 용 팀장이 바람을 잡았다.

"술은 됐습니다."

탁대는 잔을 비우지 않고 버텼다. 이제야 알았다. 용 팀장이 왜 탁대를 기다렸는지. 그 역시 자신의 인맥인 서광철을 돕기 위해 발 벗고 나선 모양이었다.

"풍문으로 듣자니 내가 봉황대교 당시 뇌물 수수자 명단에 올라간 모양이던데……."

서 과장이 본론을 시작했다.

"솔직히 술은 받은 적은 있네. 하지만 하늘에 맹세하는데 그 술은 직장 선후배간의 선물인 줄 알았네. 내가 양주 같은 거 싫어해서 한사코 거절했지만 너무 매몰차게 구는 것도 못할 짓 같아 받아두었네만 아직 손도 대지 않았다네."

서 과장은 들고 온 가방을 열었다. 그러더니 명품 양주를 꺼내 테이블 위에 올렸다. 아직 라벨도 떼지 않은 새것이었다.

"이런 것도 죄가 된다면 이 나라에서 어떻게 살겠나? 우리나라가 정으로 사는 나라 아닌가?"

"……."

탁대는 대답을 안 했다. 그저 양주 포장만을 바라보았다. 포장은 산뜻했다.

봉황대교 사건이 일어난 건 몇 년 전. 그러니 오는 길에 사온 양주가 분명했다.

"내 이름은 좀 빼주게나. 뇌물도 뇌물 나름 아닌가?"

"맞아. 서 과장님은 선의의 피해자시네. 자네도 알겠지만 서 과장님은 장차 국장 후보 중의 한 분이시네. 이럴 때 자네가 융통성을 발휘해 주면 앞으로 자네에게도 큰 발판이 될 걸세."

기회를 노리던 용 팀장이 거들고 나섰다.

"이걸 제가 좀 봐도 되겠습니까?"

침묵하던 탁대가 양주를 보며 말했다.

"물, 물론이지. 원하면 마셔도 되네."

과장은 기다렸다는 듯이 대답했다.

"고급 양주라 그런지 포장부터 다르군요."

"그, 그거야……."

"몇 년이 지나도 이렇게 포장이 산뜻할 수 있다니… 꼭 어제 새로 나온 거 같은데요?"

탁대가 넌지시 정곡을 찌르자 서 과장의 얼굴은 격하게 굳어 버렸다. 그걸 간파한 탁대는 천천히 말을 이었다.

"죄송하지만 아직 제가 명단 확인을 안 한 바라서요."

"……?"

"그래서 좀 황당하군요. 사실 과장님 이름이 있는 지도 모르거든요."

"……."

"가도 되겠죠?"

"이봐, 조탁대!"

용 팀장의 목소리에는 조바심이 잔뜩 묻어났다.

"세꼬시 맛나게 먹었습니다."

탁대는 가벼운 목례를 남기고 횟집을 나섰다. 용 팀장은 팔을 내밀며 뭐라고 웅얼거렸지만 더는 탁대를 잡지 못했다.

"아, 저 자식……."

탁대가 나가기 무섭게 서 과장의 목소리 톤이 바뀌었다.

"죄송합니다. 제가 계속 밀어붙여 보겠습니다."

"그쪽 선우 팀장은 뭐라나? 그 친구가 자네랑 막역한데다 조탁대 직속 팀장이잖아?"

"그게 이번 일은 시장님이 조탁대에게 직접 내린 지시라고……."

"미치겠군. 어디서 저런 개뼈다귀 같은 독불장군이 굴러들어온 거야?"

서 과장은 소주를 단숨에 들이켰다.

휘이잉!

잔뜩 날을 세운 칼바람은 매웠다. 탁대는 잠시 횟집 2층의 화장실에 들렀다 혜자에게 온 문자에 답하는 사이에 서 과장과 용 팀장이 횟집에서 나왔다. 용 팀장의 차 앞에는 대리기사가 대기 중이었다.

그런데 웬일인지 차에 올랐다가 다시 내리는 세 사람.

"시동이 안 걸립니다. 배터리가 방전된 모양입니다."

대리기사는 불만스레 키를 돌려주고는 왔던 길로 가버렸다. 나가면 또 마주칠 게 귀찮아 잠시 계단에 머물던 탁대. 하필이면 두 간부의 빈정거림을 듣고 말았다.

"에이, 조탁대인지 조딱때인지 그 개자식 때문에 되는 게 없군."

"그러게 말입니다. 제깟 놈이 무슨 청와대 사정비서관이라도 되는 양 구는 꼴이라니……."

"어디 두고 보라지. 언제고 내 밑에 걸리면 아주 자근자근 밟아줄 테니."

자근자근!

잉잉거리는 바람을 타고 서 과장의 증오가 탁대에게 전해져 왔다.

'적반하장도 유분수지. 자기들 잘못은 생각지도 않고.'

잠시 내려놓았던 분노가 탁대의 척추를 타고 후끈하게 번져 갔다.

내가 받은 건 정(情)의 산물이요 네가 받은 건 뇌물이다. 딱 그런 사고방식이니 어떻게 시정(市政)이 발전할 것인가.

"택시 타시죠. 차는 내일 가져가면 되니까."

"그러세. 어디 좋은데 가서 술이나 퍼마시자고."

"제가 모시겠습니다."

두 간부는 옷깃을 여미며 도로로 나섰다. 갑자기 밀어닥친 한파에 거리는 조용했다. 택시도 많지 않았다.

"택시!"

용 팀장은 호들갑스러울 만치 동동거리며 택시를 불렀다.

얼마나 지났을까?

겨우 택시가 왔지만 두 사람은 탈 수 없었다. 저만치 뒤에서 탁대가 발현한 접착 마법으로 발바닥이 떨어지지 않은 것이다.

"아, 씨. 탈 거요, 말 거요?"

손을 든 채 버벅거리는 두 간부를 향해 기사가 거친 말을 내뱉었다. 그럼에도 불구하고 두 팀장은 똥이라도 싸는 듯 낑낑거릴 뿐이었다.

"술 처먹었으면 곱게 취하지 쇼하는 거야 뭐야?"

택시기사는 가래침을 뱉고는 유유히 가버렸다.

"우워어, 이게 왜 이래?"

"저, 저도… 누가 강력접착제를 흘렸나본데요. 엣취!"

오래 지나지 않아 두 사람은 얼어가기 시작했다. 볼은 얼음처럼 변했고 코에는 고드름도 맺혔다. 버둥거리던 용 팀장은 119를 불렀다.

그렇다고 119가 두 사람을 구한 건 아니었다. 그들이라고 꼼짝도 안 하는 사람을 어쩔 도리는 없었다.

'이만하면 정신 좀 차렸겠지.'

두 사람을 반쯤 얼려 슬러시로 만든 후에야 탁대는 슬쩍 접착 마법을 풀어주었다.

"으으……"

발이 떨어지자 둘은 통나무처럼 중심을 잃고 늘어졌다. 법석을 떨던 119 구급대는 둘을 구급차에 실었다.

"엣취!"

"푸헤취!"

둘은 구급차 안이 흔들리도록 재채기를 해댔다.

탁대는 두 간부가 얼어붙었던 자리에서 여유 있게 택시를 잡았다. 택시 안은 죽이도록 따뜻했다.

『9급 공무원 포에버』 5권에 계속…

용마검전
FANTASY FRONTIER SPIRIT
김재한 판타지 장편 소설

「폭염의 용제」, 「성운을 먹는 자」의 작가 김재한!
또다시 새로운 신화를 완성하다!

『용마검전』

사악한 용마족의 왕 아테인을 쓰러뜨리고
용마전쟁을 끝낸 용사 아젤!

그러나 그 대가로 받은 것은 죽음에 이르는 저주.
아젤은 저주를 풀기 위해 기나긴 잠에 빠져든다.

그로부터 220년 후……

긴 잠에서 깨어난 아젤이 본 것은
인간과 용마족이 더불어 살아가는 새로운 세상이었다.

Book Publishing CHUNGEORAM

절대호위

문용신 新무협 판타지 소설

FANTASTIC ORIENTAL HEROES

한량 아버지를 뒷바라지하며
호시탐탐 가출을 꿈꾸던 궁외수.

어린 시절 이어진 인연은
그를 세상 밖으로 이끄는데……

"내가 정혼녀 하나 못 지킬 것처럼 보여?"

글자조차 모르는 까막눈이지만,
하늘이 내린 재능과 악마의 심장은
전 무림이 그를 주목하게 한다.

"이 시간 이후 당신에겐 위협 따윈 없는 거요."

무림에 무서운 놈이 나타났다!

Book Publishing CHUNGEORAM

유행이 아닌 자유추구 -
WWW.chungeoram.com